U0939873

读 一 页 书 　 舔 一 口 蜜

法医之神 2

尸体在撒谎

[日] 上野正彦 著　田建国 译

读蜜文化　　策划

目录 — Contents

前言

尸体的幸与不幸

自第一本书《尸体会说话》[1]付梓以来，我逢事便说，正如书名所言，我们必须真诚倾听尸体的无声之语。

的确，尸体会把事实真相说得清清楚楚。

以前我从来没有写过，其实“尸体会撒谎”。不，我曾经验过几具“撒谎的尸体”。

都变成了尸体，还想撒谎。

本书讲的就是这些故事，这些事太悲哀了。

作为法医，尸体撒的谎在我心里，要比活人撒的谎悲哀好几倍，不，好几十倍。

活人的谎言可以收回，尸体撒的谎却无法收回。

撒谎的尸体我验过好几次，每次都让我思考，究竟什么才是人的真正幸福。

---

① 原著名为《死体は語る》，中文直译为《尸体会说话》，是本书作者退休后的第一部著作。中文译名《不知死，焉知生》，王雯婷译，北京大学出版社 2014 年 11 月出版。

幸福的尸体与不幸的尸体。

两者有何不同?

我一直在思考这个问题，因此写成了本书。

没有爱，人就活不下去。

这种爱，有时也会变成悲哀的爱。

不过最近，我开始觉得，不论哪种爱，其实都是他们拼命活过的结果。

活着是什么?爱一个人是什么?

他们拼命地活过。但愿他们的每个故事，都能引人深思。

2008 年 1 月吉日

上野正彦

第一章

变成尸体也要撒谎

死也不放过他们……

“感恩他人而死”与“憎恨他人而死”，哪种死法才幸福呢?

也许有人会认为，这个问题多余，当然前者才幸福。然而，在人的心灵深处，横亘着一种深邃的阴暗，让我们不能随意下结论。

究竟哪种才幸福?答案早已了然于心，但我却斗胆选择回答：前者并不幸福。

也许人只要活着，就会不断涌出连自己都驯服不了的情感，直到临终，不，直到死去以后……

通过验尸，我曾多次体会到人的那种郁闷之情。

最近，有人采访我一个案子，我忽然想起了一桩了解人心阴暗之深的旧案。

勾起我回忆的这个最近的案子大体如下——

从东京都中心驶往郊区的某条电车线路的轨道旁边，有一个人，已经昏迷。

他双脚被尼龙绳捆着，嘴上粘着胶带，双手戴着手铐，倒卧在离轨道不足一米处。

他被警方送进医院，不久便被确认死亡。

报案人以为，那人不是被杀后弃尸铁路旁边，就是被活活抛在铁轨上遭到电车撞击，总之是一起惨无人道的杀人案。

解剖结果显示，死者腰部骨折，后脑勺受到猛击，但未见明显被碾轧痕迹。

最先发现死者的是电车司机，他的证言是，电车正沿轨道直线行驶，隐约看见前方夜色中有一个可疑物体，赶紧踩下制动器，在现场附近紧急停车。

我们还得知，前一列通过现场的电车司机说，他根本没有发现有可疑物体。

这些证言都证明电车并没有轧到尸体。

那么，究竟是怎么回事？

一种可能是，死者在别处的交通事故或其他事故中受了这种形态的外伤，再被人搬到轨道旁，伪造了被推下电车的现场。而因为死者没受到辗轧，所以还有另一种可能，就是谋杀，受害者是受伤后被推下电车的。

当然，死者自己跳下自杀的可能性也不能排除。

是他杀？

还是自杀？

电视台采访了我，让我谈谈这桩谜团重重的案子。

现场位于谷底一样的地方，上下行列车穿谷而行。

如果冲着驶来的列车跳下去，死者就会掉落到十多米深的谷底，被电车撞飞。

假如死者迎面撞在电车上，撞击部位会形成冲击性外伤，人会被直接撞飞摔到地面上，身体反面也会形成外伤。

但就尸体所见，腰部骨折，后脑勺受到猛击，却未见疑似撞击所留下的外伤。

什么样的情况才会形成尸体所见的腰部骨折、后脑勺受到猛击的伤情呢？

首先，死者没有被电车碾轧，这是前提。果若如此，那就可以考虑是他跳下去的时机没有把握好，本来应该落在列车前面，结果却掉进了两节车厢的连接处。

我再解释一下这一点。

如果死者没有落在列车的前面，而是掉进了某两节车厢之间，那么他就有很大的可能腰骨被撞，后脑勺被猛击，受到重创后倒在轨道旁。

就在我们反复推理时，死者的身份查清了。

那是案发后第四天。

死者是一个初中三年级男生。

根据调查，最终结论是自杀。听说他手上戴的是玩具手铐，仅左手戴着，本该戴在右手上的手铐掉了下来。

假如情况是这样的话，还剩下一个难解的疑点。

他为什么要自己把脚绑起来，再给自己戴上手铐呢？

以下所述应属侦查范围，我这么说无非是我的推测。

莫非他想报复欺凌他的同学？

把自己彻底伪装成他杀的样子后再自杀？

他想通过这种状态让人们认为，自己是被坏朋友杀害后弃尸轨道边的，从而引导人们认定这是一起谋杀案。

为了转移视线。

我思索着，并由此忆起做过的另一次尸检。

那是一具为了故意给人找麻烦，做了手脚后自绝性命的非正常死亡尸体。

这类尸体何止一具，我过去就验过好几具。

相比之下，这种案子中女性居多。

我去验尸，发现尸体旁放着日记本，里面写着对曾经交往过的男人的无限怨恨。

光这些还算好，问题在后面。

日记里表述得好像自己的性命已经被人惦记上了。

“这不是自杀，是他杀！我是被人杀死的。”

预先埋下伏笔的做法。

日记里写的并非实情，而是一连串谎言，写得还很认真细腻。

她是自己勒住自己脖子自杀的，却伪造得好似被人勒死的一样。

说她是自己勒死的，具体又是怎么做的呢？

勒紧缠在自己脖子上的绳子，人很快就会失去意识。此时手会自然松开勒紧的绳子，呼吸就会恢复。但把缠在脖子上的绳子打成“死结”，只要绳结不松，即使松手也会死亡。也就是说，这中间存在自杀的可能性。

死亡或是恢复呼吸的界线，在于是否会造成窒息。以同样状态勒住脖子不松开，如果不能呼吸，人就会因血液流不进头部而形成脑缺氧，很快便会毙命；绳索一旦松开，呼吸就能恢复，氧气便能进入脑部，人也就不会死亡。

一般来说，这个过程需要四五分钟。

我们是如何知道这位妇人不是他杀，而是自杀的呢？

因为她勒在脖子上的绳子打着整齐的结，而且没有防御性创伤。

想象一下你就能明白，从正面勒脖杀人的行为是很难实施的。

勒脖杀人一般都是绕到对方背后，用毛巾等绕住对方脖子前部使劲向后勒。

九成以上被勒死的尸体都是从背后实施的。从正面勒死人的案例并非没有，但那是极为特殊的情况。

受害人当然不想被勒死，他会拼命挣扎阻止。由于挣扎，勒脖子的绳索或毛巾等很快便会松开，呼吸得以恢复。

勒人的人，即犯人，为了不让受害人恢复呼吸，会再次疯狂地去勒受害人的脖子。

被勒的人感到痛苦，几乎都会为了解除压迫透口气，而下意识地把手指插到前颈部的绳索下方。

这样一来，必然会在脖子上形成防御性创伤。

说得浅显一点，受害人的手指插进绳索和脖颈之间，会形成红色的抓挠伤痕，在索沟[①]里留下指痕。

但这位妇人没有这种防御性伤痕。

她的绳结是打在前面的。在自勒死亡、失去意识的过程中打的几乎都是死结。按常识想，在脖颈后方打结，动作是很难做的。自己用力勒紧自己的脖子，勒得再紧

① 索沟，俗称绳印。指绳索压迫人体软组织留下的痕迹。

意识都还在。所以一般都会在勒紧脖子的状态下在脖颈前方打成死结，勒死自己。

案情就是这样。日记中切切陈词，无不在说情人如何想要她的命，这反而使人判断此案可疑，莫非就是伪装成他杀的自杀案？后经严密侦查，从家庭关系等方面推导出了妇人死于自杀的结论。

前案里，自缚手脚死在轨道旁的中学生强调的是自己受到了欺凌。这个在日记里写下有人想要她的命后自杀的妇人，出于对抛弃自己的恋人的怨恨，强调的也是遭人索命。他们都做了伪装。

然而，这种伪装与杀人者所做的伪装存在着根本的不同。

他们自己并没有做什么坏事。

在某种意义上他们是受害者。这些受害者之所以伪装，是想在自杀后给对方招来麻烦，让对方受到社会的谴责和法律的制裁。

他们这样做的目的，是想把怨恨保留到死，不，保留到死后。

明明是自杀，却要伪装成恋爱对象杀死自己。

多么悲哀！

既然如此，不如活着的好。

全力以赴活到能活到的最后一天，这难道不是人的正确活法吗?

我一直在说“尸体会说话”。

尸体绝不会说话。但是，只要倾听尸体的无声之语，你就会听到它们在说：“我不是自杀的，我是被杀的。”

尸体只有这一点是纯洁的。

然而如此案所示——此案虽然极少但却的确存在。

“哪怕变成尸体也要撒谎！”

这未免太悲哀了!

尸体在说谎，伤口很诚实

有位中年男人，很爱家，年轻时就有一个很大的梦想：

希望自己投身的事业成功，能让深爱的妻儿幸福。

为了这个梦想，他勤勉工作。然而，美梦不会全部变成现实。

当男人回过神的时候，留给他的只有逝去的岁月和巨额的负债。

从酒店坠楼身亡的男人，大腿上有一块长方形红色痕迹。

据推断，这块伤痕是从阳台上滑落时擦出来的。

认识死者的经营某公司的总经理说：

一开始死者的公司经营得还挺顺利。后来，突如其来的不景气重创了他的事业，让他背上了巨额债务，靠常规手段根本无法偿还。

他便从美国洛杉矶郊区宾馆的一个客房跳楼自杀了。

他从客房的六楼阳台摔落到二楼的阳台式屋顶上。那幢建筑层高大约三米，隔着四层，就那样摔死了。

目前的已知情况是，跳楼前他泡了澡，喝了啤酒，处于微醺状态。

洛杉矶的法医经过验尸得出结论：他是因为喝醉了酒，坐在阳台上，不慎跌落身亡。这是一起意外事故。

简单地说，大概是这男子啤酒喝到微醉，心情愉快起来，脸冲外坐到了阳台栏杆上。酒醉让他失去了平衡感，不慎从栏杆上跌落。

他被认定，连叫一声的时间都没有，瞬间从六楼阳台上跌落而死。

他大腿上形成的长方形红色擦伤，洛杉矶法医认定是摔落时摩擦形成的伤痕。

遗属回到日本后，向保险公司申请赔付数亿日元的保险金。

保险公司拒付，双方便打起了官司。

保险公司请跟美国无关的日本的大学法医学家进行了独立鉴定。

可日本的结论也跟洛杉矶法医的一样，死者是醉酒后坐在阳台栏杆上意外跌落身亡，法院下令让保险公司支付保险金。

保险公司依然不服。

当事人在意外身亡半年前刚投保了好几亿日元的保险，他的公司又因赤字而每况愈下。鉴于这些情况，保险公司认为，这是一起以骗取保险金为目的，伪装成意外死亡的自杀案。

于是，保险公司来到我这里，委托我进行二次鉴定。

洛杉矶的法医水平并不差。这个结论是他们验尸后得出的，又得到了日本的国立大学教授的赞同。

二次鉴定前我便有言在先："我想，我的鉴定颠覆不了他们的结论。"

"是啊是啊，不过能不能请您先看看他们作为证据的鉴定书和现场照片呢？"

在保险公司办案人员的拼命游说下，我便抱着"做也是白做"的心情接过了照片。

我只是寻思，先确认一下死者大腿内侧那两条细长的血痕，那是从栏杆上滑落时擦出来的，洛杉矶的法医和日本的大学教授都因此认定死者是意外身亡。

"咦？！"

就在接过照片的一刹那，我不禁发出了惊讶的声音。

"这可不是什么擦伤啊！"

我定定地凝视着眼前这位保险公司办案人员。

尸体大腿的确变红了，乍看上去也很像是擦伤。

然而，验过数千具尸体的人一眼就能看出，这可不是擦伤。

这种伤痕叫作边缘性出血，是坠落造成的外伤的特征。

从楼上跳下，躯干最先撞击地面，稍后是大腿。

边缘性出血就是这种坠落方式造成的。比方说，柔道中被摔一方在身体“啪”的一声倒地后手脚再着地时，就会形成这样的伤痕。

为什么会这样呢?

大腿内侧最后撞击地面，大腿骨重重地接触地面，大腿骨与地面之间的毛细血管里的血液被挤向骨头两边，骨头附近就会有出血。因为骨头是身体中最硬的部分，血液便会被挤到骨头的外侧。

这样一来，只有骨头处外表的皮肤会变白，骨头边上会形成两条红色的出血痕迹。

根据洛杉矶的法医和日本的法学教授所检验，尸体的大腿上的确有两条长长的红色长方形痕迹。但归根结底，那是由于上述原因形成的典型坠落外伤——边缘性出血。

如果像洛杉矶法医验尸结果所说，死者是擦着阳台栏杆坠落的话，又会造成怎样的出血呢？

这种情况必须是整个大腿全部出血。受到摩擦后不可能只有骨头部位不出血。因为骨头部位最突出，说得极端点，正是骨头部位才一定会发生红色皮下出血。

这也许很难理解，我再重复一遍。

就这具尸体所见，乍看上去大腿很像是被摩擦过，只有大腿中间的骨头处的皮肤发白。

如果真是擦伤，骨头部位的皮肤也必须全部变红，否则无法解释。摩擦后形成皮下出血的主要部位必须是骨头部位。

骨头部位突出，最容易被擦到，并造成皮下出血而使皮肤变成红色。然而这具尸体，大腿正中间骨头处的皮肤恰恰变白了。

似是而大非。

根据尸体所见，验证形成这些外伤的原因，情况会是这样：

尸体躺在建筑物两米开外处，脚朝建筑物一侧，头朝建筑物外侧，即饭店花园一侧。

如果是从建筑物上坠落的，应该是脚最先着地，造成脚部骨折，或臀部“咚”地撞击地面，导致骨盆骨折。而且，人应该是脚离建筑物远，而头离建筑物近躺着才对。然而，此案的尸体位置恰恰相反。

从这些情况判断，本案的尸体并非滑落致死。

他应该是身体朝里，即对着客房一侧，脊背朝外，站在阳台栏杆的外侧，然后脚蹬外墙跌落下来的，所以是身体首先着地，腿脚接着落下，最后“嘭”地撞击地面。

客房里没有任何人，无法考虑有他人的介入。

如此说来，这属于自杀行为。

我认定这不是意外死亡而是自杀，出具了鉴定书，还被法院传去作证。

这桩案子在日本审判时引起了争论。我与前面做过鉴定的日本的法医学家在法庭上互陈意见。

结果，我的边缘性出血理论被采信，案情逆转，死者被判为自杀。

这个结果对遗属很残酷，但法医学既不是为保险公司，也不是为遗属而存在的。真相只有一个。我认为，准确传达真相才是我们的工作，才是专业人士的工作。

恐怕死者做梦也没有想到，尸体会呈现出如此状态，他大概只是单纯地想做成一次酒后意外死亡的假象。

跳下去的时候，他要拿生命去做交换，究竟想得到什么呢？

他年轻时的梦想破灭了。

他的事业没能成功，在外国酒店的阳台上喝啤酒，脑子里这样想着：

事业成功的梦想已经无法实现，但让家庭幸福的另一个梦想一定要实现，至少不想让他们体验背负债务的不幸。

他已经投了保，便把自己的身体从酒店的阳台上抛了下去。

然而，他什么都没有给家属留下。

只留下了后悔。

仰面跳楼的恐惧

拼命地劳作

我虽拼命地劳作

生活却依旧

不能变得富裕些……[①]

这首反映生活艰辛的和歌是诗人吟咏的吗？日本等级森严由来已久，劳务分包[②]行业现状格外严峻。

招四五个工人，为做好分包到手的工作拼命努力。然而，经济泡沫破灭后一片不景气，要想拿到分包的工作也没那么容易。

即使没有人发包，工人的工资却是每个月都要支的。台历一天翻一张，赤字一翻就一涨。真可谓是小微企业

① 引自日本近代诗人石川啄木（1886—1912）和歌集《一握砂》中一首短歌的前四句，表现了生活的艰辛。短歌是日本和歌的一种形式，由 5 个音节联和 7 个音节联按 5、7、5、7、7 顺序排列构成。

② 施工承包单位或者专业分包单位将其承揽工程中的劳务作业发包给具有相应资质的劳务分包单位完成的活动。

的悲哀。

就算企业连一日元的多余支出都要控制，工地上的作业却风险照旧。工程难免事故，一旦发生，万事晚矣。

这位经营小微企业的老板，用承包工程得到的微薄款项上了工伤险，以防自己有个万一，家人不致流落街头。

正晌午时，太阳无情地灼晒着。

五层楼楼顶上正在做房顶防水砂浆工程时，事故发生了。楼房是平顶结构，平时上不去。作业有危险，操作时就在屋顶边缘拉起两根绳索当护栏。

老板和一位工人攀上楼顶，涂抹防水砂浆。两人一边涂抹一边向房顶边缘退，然后沿着房顶边缘继续涂抹。

活正干到兴头上。

老板的臀部夹在了两根绳索之间，直接坠下楼去，就像是钻过绳索一般。

他是背朝外臀部在下坠落的。

15 米下方的地面上种有植被，离开植被再往前一点是混凝土人行步道。老板仰面躺在地上，下半身在植被里，上半身在步道上。

直到坠楼前一刻还与老板在房顶上施工的工人，也听到楼下传来了“嘭”一声闷响。

他的证词是，他从楼顶朝楼下俯看发生了什么事？发现老板仰面倒在那里。

他慌忙跑过去，老板已经断气。

因为这是发生在工程施工过程中的工伤事故，老板的家属向保险公司提出支付保险金的申请。

不知道是有意还是无意，这位老板在事故前半年左右，分别在五六家保险公司追加投保了总额高达20多亿日元的保险。

出事前半年，心血来潮似的在五六家保险公司投保巨额保险，这时机太过巧合了。一调查，发现老板的公司一直在赤字经营。这真是偶然加偶然了。

这难道不是一起伪装成事故的保险金诈骗案吗？保险公司盯着不放。

遗属与保险公司双方形成纠纷，终于还是打起了官司。

结果，一审中遗属的主张得到采信，法院作出判决，命令保险公司支付保险金。法院认定，坠楼并非故意，而是施工过程中发生的工伤事故。

保险公司的顾问律师们开会商议，结论是最好请专家认真做一次二次鉴定，于是找到我，委托我进行二次鉴定。

经过就是这样。

为什么保险公司在一审中输了呢？

这事乍看上去确实像事故。

如果读者诸君想象一下跳楼自杀的情形，也会有死者是趴着死的印象。

这次却不是这样，死者倒在地上，呈仰面朝天、臀先着地状。

由于落下时臀先着地，看上去很像是失误造成的反向直接坠落。

法院认定的着眼点也在这里，从臀先着地的状况判断，推导出了肯定是事故的结论。

我让他们把病历和其他有关资料等基础资料全部拿来给我看，逐项做了认真确认。

据尸体所见可知，尸体双腿股骨颈和肋骨骨折。

我先做个剧透。双腿股骨颈骨折，正是判别此次事故是工伤事故还是骗保自杀的关键所在。

先说一下股骨颈这个部位。所谓股骨颈，是指股骨与骨盆呈钩形连接形成股关节的地方。

这具尸体双腿的股骨颈全部骨折。

究竟意味着什么？

尸体的状态雄辩地证明了，死者是如何死亡的。

人从建筑物上坠落。

坠落的方式形形色色。

头先落下。

躯体先落下。

腿先落下。

这具尸体双腿股骨颈发生了骨折，可知是腿先落下。

再来解释一下坠落的过程。

双腿同时先着地。紧接着下一个瞬间，所有的力会全部施加在股关节的颈部。股骨颈承受不住这些重量，就会发生骨折。

人的双腿股骨颈全部骨折，接下来就会因为臀部的重量而吃屁股蹲儿。于是骨盆就会骨折，腰骨就会骨折。

同时，头部也有重量，受到冲击会呈猛力前扑状，像鞠躬一样猛烈前屈，使颈部发生骨折。

身体会如同虾米一样向前弯曲，胸部会撞在自己的大腿上，导致大腿和胸部猛烈冲撞接触，肋骨会咔嚓咔嚓地折断。

由于反作用力，弯曲成虾米形状的上半身会被抬起，反向朝后甩去，最后呈大字形仰卧睡觉状。

但根据法院的判断，这具尸体是不慎坠落臀先着地，被认定成了工伤事故。

假设像法院所说，尸体是臀部在下坠落地面的，那尸体所见的双腿股骨颈骨折和肋骨骨折如何解释呢？没法解释！

如果是臀先蹲地后变成仰面朝上，那股骨颈是绝对不会发生骨折的。

由于这具尸体是头朝步道的，如果是臀部先着地，后脑勺一定会遭到剧烈撞击，尸体必然可见颅骨骨折。

如果完全没有这些情况，我们就不得不考虑其他情况。

他并非死于事故。

他在楼顶上寻思自杀。

我想一定有人认为人们无法获知这些情况。

对此我要说“不”。

尸体正在倾诉：“我在楼顶上图谋伪装成不慎坠楼的样子自杀来着。”

跳楼自杀与无意间意外坠楼有什么不同呢？

如果是事故，由于是无意识坠落，人在落下的过程中会贴着建筑物，擦着墙面落下。即使不是这样，由于事出突然，人在下落时也会失去平衡，不可能双腿同时撞击地面。

然而，这具尸体双腿股骨颈全部骨折。两腿还可见很多触地时形成的外伤。

如果是自杀，则多有如同此次两腿撞击地面的情况。

为什么呢？

谁都怕死。怕死是人之本能。

所以，自杀时一定会有“好吧，死吧”的明确意志介入其中。

试想一下，他是双腿着地坠落的，又肯定是背朝外从楼上坠下的。

面朝里不慎坠楼的人在失去平衡下落时，还能做到双腿同时触地吗？

问题就在这里。

这人的企图就是面朝里自杀，但事到临头还是害怕了。

为了克服死亡的恐惧，他“嘿”地蹬了一下楼顶的地面。

他站在护栏外侧。

站在外侧，面朝建筑物，背朝道路。

至此为止，情况一样。

此前的验尸证明，他是在这样的状态下失误坠落的。

自此以后，情况不同了。

他是背朝外，一……二……三……跳下去的。

从头到尾都是面朝里的。

朝后跳，腿在下。

因为是自杀，他会有一种横竖要死的意志，不管是脸冲前还是面朝里，都会“嘿”的一声奋力一跳。

此后的情况就好解释了。

双腿着地。

着地后股骨颈骨折，下一个瞬间是臀部蹲地，造成脊梁骨和腰椎骨折。

头部前屈，猛烈弯曲，颈椎骨折。胸部像虾米一样撞在大腿上。

头部因反作用力被甩向后方，整个人仰面倒卧。

后脑勺着地缓慢，没有形成太大外伤。

情况就是这样。

我把这个情况写成意见书提交给了法院。

结果，本案采纳了我的意见，死者被判为自杀。该案也成了保险公司获胜的案例。

我在前一节中曾经写过，我们法医不是以某一方为友的职业。我们的工作是为尸体说出真相。尸体做了好事我们要说，尸体图谋了不好的事情我们也要说。死者的人权就该这样得到保护。

尸体讲述真相。

即使尸体企图说谎，真切的尸体表现也会拒绝谎言。

“为了让家人生活过得好些，我很想要保险金，所以在施工中屁股先撅出绳索跳了下去，让你们以为我是自杀。但我还是怕死的，所以脸朝里‘嘿’的一声蹬了一下地面，跳了下去。”

尸体如是说。

他为了能让家人幸福，“嘿”的一声蹬了一下楼顶地面。

每每想到他当时的心情，我的心就会作痛。

案子里的死者错误的爱，在我心中痛楚地回荡。

自杀和伪装自杀被识破，哪一刻更绝望?

有句话叫见钱眼开。可在一些案件中，某些人的过分贪财会让人感到不可理喻。我就经常为这种案子验尸。

前些天，一个被捕的老板曾说过，没有金钱买不来的东西。他说这话遭人鄙视，我至今记忆犹新。虽然事不关己，我却经常在想，贪钱犯罪又能得到什么呢?真是让人百思不得其解。

我觉得，人肯定还有比金钱更宝贵的东西。

这是一起中年男子过铁路道口时发生的事故。

道口还没过完，男子看着尚远的电车瞬间在眼前变大。

他慌了神，绊了一下，跌倒在铁轨上。

男子本来就因冬季登山冻伤而失去了脚趾头，走起路来有些不方便。

不知道是否与此有关，他在铁轨上绊了一下后摔倒了，被电车轧了过去。

道口旁边就有医院，他被抬进去做了手术，所幸性命无虞。虽然捡了条命，但两条腿在脚踝与膝盖之间被齐齐轧断，受了失去双脚的重伤。

事故发生后，男子向保险公司申请支付保险金。

保险公司并没有说“你很可怜”就立即支付保险金。

原因是他们在事故发生后发现了几个疑点。

经查明，该男子事业经营不顺，有赤字亏空，而且加入保险仅有半年。

男子一方当然主张这种情况纯属巧合。

双方的意见不能统一，最终，围绕是否支付保险金打起了民事官司。

结果，法院下了判决，主张该男子因腿脚不便，过铁路道口时不幸摔倒，双脚被轧掉，属意外事故，保险公司应全额支付保险金。

保险公司不服，来向我咨询。

“从现场情况看，这真的是摔倒后轧断双腿的事故吗？”

保险公司委托我进行二次鉴定。

我仔细观察了事故情况的每一张照片。

法院的判决认为，男子是跑过来时摔倒的。

请大家想象一下运动会上孩子们摔倒的情形，便很容易明白。如果是跑过来时摔倒的，通常膝盖上会蹭破皮。

而且人会反射性地捂脸，因而双手也会形成擦伤。如果双手有擦伤，那脸上无伤也就不足为奇了。因为人们可以断定，脸是受到了保护，免遭了伤害。

即使不是手，胳膊上也会出现擦伤。

有的孩子由于事出突然来不及用手护脸，会在下巴或是脑门上受点伤。总之，这些都是奔跑摔倒时形成的伤。

可这个男子的情况是，手的附近完全没有受伤。

只有头顶部，也就是脑袋的最上方受了伤。

庭审时对这一点是这样解释的：

“手脚上无伤；摔倒时头部受到撞击。”

无论怎么思考，这个说法都很可疑。

原因在于，人在摔倒时要磕着脑袋，必须在脖子极度前屈的情况下摔倒才能做到。

奔跑时摔倒的人，不可能以头部如此前屈的状态撞到头顶部。

问题就来了。在怎样的状况下摔倒，才会撞到头顶部，轧断双腿呢？

莫不是他故意把双腿放在轨道上，让飞驰而来的电车车轮轧去双脚的？

原因如下。

第一，正如前述，男子身上没有一处摔伤。

现场有略高于地面的填土地基，两根铁轨高出人行步道二三十厘米。如果男子在轨道上向前摔倒，由于头部和躯体跌在地基的低处，便会把在铁轨上的腿向上举起。

如果当时是趴着倒下的，由于上半身会在地基的低处，那人必须用手臂把身体支撑起来，否则双腿接触不到铁轨。

为什么双腿要接触铁轨呢？

因为把腿举在铁轨上方，双腿在被车轮轧到前，就会因为碰到电车而被撞飞。

然而，那人的双腿是在同一个高度被轧断的。

要在同一高度轧断他的双腿，列车就必须在他的双腿呈水平状态时开过。

为了形成这样的状态，那人必须用俯卧撑的姿势，用手臂支撑起位于低于地基的上半身，将双腿呈水平状地放在铁轨上等待着，否则逻辑上不成立。

假设遭遇车轮辗轧时，男子被撞了出去，由于现场旁边就是变电柜，他的头顶部极有可能被撞伤。

所以我认定故意为之的可能性更高。

最终，我认为不是意外事故的意见得到了采信。

每当我想象他当时的姿态时，心里都会莫名难受。

他假装摔倒，按照俯卧撑的要领撑起手臂，摆好双腿，用这种很难做到的姿势等待着电车驶向自己。

就算这样得到了些许钞票，等待他的也是双腿残疾的生活。

他不惜用双脚做交换，想要得到的究竟是什么？

第二章

死因大白，谁是凶手？

窒息而死的尸体密语

一位地主的独生女在家附近的便利店打工。

这家店的店长是一个四十多岁的光棍，对她好像格外中意。

店长开始以结婚为由纠缠她。但她不喜欢店长，所以从来都没有接受过他的求婚。也许人的本性就是遭到冷落反会越发上劲儿？总之，店长情思大增。

一来二去，几年过去了。有一天，人们发现这位姑娘死在了自家二楼自己的闺房里。

她的母亲发现后，便报了警。下一步就是验尸。

这姑娘看上去像是窒息死亡，但具体原因不详。她似乎有轻症哮喘的老毛病，是因病死亡，还是扯上了什么案子，眼下还说不清楚。

相关部门做出判断，认为作为刑事犯罪进行司法解剖为好，便在某大学做了尸体的司法解剖。

解剖结果认定是窒息死亡。

说到窒息死亡，实际上有三种类型。

第一种是他杀引起的，指的是被他人勒脖或掐脖导致的勒死或掐死的他勒死亡。

第二种是自杀引起的，指的是自己用绳索紧勒自己的脖子导致死亡的自勒死亡。

第三种是因病引起的，指的是由支气管哮喘发作引起呼吸困难致死的因病死亡。

可见同为窒息死亡，却有他杀、自杀和病死三种类型。

这位受害人究竟属于哪一种类型呢？

据解剖时在场见证的刑侦警官说，执刀医生告诉他：

“我没有看到现场，所以请警察通过侦查，确定受害人究竟属于三种类型中的哪一种。”

虽是窒息死亡，但要办案的刑侦警官认定究竟是他杀、自杀还是病死，这让他一筹莫展。

这就是说，本案存在各种可能性。

执刀医生的回复太不确定，办案刑警很是为难，便打来电话咨询我。这位刑警是我若干年前在警察学校教过的学生，特别优秀，所以我清楚地记得他。

“那请把资料拿来吧。”

我刚约他，他就立刻跑来了。

“情况怎么样啊？”他问我。

我说：“这样，三种类型，我们来一一验证一下吧。”

我们首先验证了支气管哮喘发作导致的窒息——病死的可能性。

所谓哮喘，指的是在呼吸运动中能够吸气但呼气不畅的病症。哮喘会带来痛苦，就是吸进来的气呼不出去所致。

细细的支气管发生痉挛，就会造成空气吸得进呼不出的状况。所以，解剖开胸后可以看到肺部膨胀得膨膨的，肺会嵌进周围的肋骨与肋骨之间，呈凹凸状。

用手术刀切开，肺就会像气球破裂一样“呲”的一声瘪下去。

“你看解剖时，她的肺是这种感觉吗？”

我问道。

“不，不是这样的。”

他答道。

“这不就可以排除病死的可能性了吗？解剖过因支气管哮喘发作而死亡的尸体的人，当场就会知道。病死可以先排除了。”

接下来，我们验证了自勒死亡的可能性。

自己把绳索绕在脖子上拉紧时，由于不能呼吸，很快就会因失去意识而松手。

松手时绳结会松开，呼吸就会恢复。

所以，绳索勒紧后要一口气系成松不开的死结。这样即使松开了手，绳索也会紧紧地勒着，人才会死。

这就是自勒死亡。

“你向第一发现人——她的母亲确认一下，死者的脖子上有没有这样的绳索。”

我催促他道。他当即摇头：

“没有。我赶到现场时，她的脖子上没有缠着任何东西，也没有伤痕。”

“是吗？要是那样，自勒死亡，就是自杀引起的窒息死亡的可能性就不存在了。剩下的只有他杀了。”

我刚说完，他便满脸显出“不可能是他杀”的表情，开口道：

“老师，他杀很勉强啊。她家的门关得好好的，根本不是那种能偷偷摸进去的状态。”

接着，他开始向我介绍起她死亡时家中的情形。

姑娘的家是过去的老宅，玄关很大。进了玄关，眼前就是很大的老式楼梯。不上楼梯就根本去不了案发的二楼。宅子的结构就是这样。

警察好像也尝试过上楼。

每上一级楼梯都会发出“嘎吱嘎吱”的巨大声响，连警官都很惊讶。

发出巨响上到二楼，过道右边是隔扇[①]，她的父母就睡在后面的房间里。

左边是装有格子拉门的房间，女儿的尸体就是在里面被发现的。

如果有人上下楼梯，都会发出“嘎吱嘎吱”的响声。爷爷和奶奶就睡在一楼的楼梯附近。

都是些老人，睡眠不深，更容易被惊醒。

考虑到这种情况，他杀这条线索是很难想象的。

以上就是这位警官的见解。

“所以，在这里杀了人再逃出去的完美犯罪[②]，老师，是很难考虑的呀。”

他强烈地否定道。

---

① 和式房间用的门窗扇，在木制花格上糊上布或纸等，其四周再装上木框而成，用于隔开房间。

② 完美犯罪，是指罪行及犯罪手段不为社会大众所察觉，没有留下证据，以及犯人能够逃脱法律制裁的犯罪行为。

“可实际上她是死在这里的，对吧？刚才已经确认过了，不是自杀，也不是病死，剩下的只有他杀了。尸体可是在说‘我是被杀的’呢。现场情况有时会隐藏谎言，但尸体绝不会撒谎。请按他杀这条线索再好好侦查侦查。”

“明白了。”

他离开了我家，留下了凝重的气氛。

一个月后，店长被捕。果然是他杀！

此案的告破成了这位警官的一大功劳。

据犯人交代，整个作案过程是这样的：

店长成了跟踪狂，缠着姑娘不放。有一次，他瞅准一个小小的机会从姑娘的手包里偷出了钥匙，用店里的复印机拷贝了钥匙的正反面，又把钥匙迅速放回了手包。整个过程花了不到五分钟。

然后，店长把正反面的拷贝合在一起，拿到钥匙店去配了一把钥匙。

他在夜深人静人们熟睡之际进了玄关。他知道姑娘的房间在二楼的左侧。

犯人打算上二楼，刚踩到楼梯就发出了“嘎吱嘎吱”的声音。他着了慌，顺着楼梯边上的柱子爬了上去。就这样，他上了楼却没发出声响。

犯人作案后，姑娘的父母上厕所，他便躲起来。在确认他们再次入睡无声后，他又利用楼梯边上的柱子下了楼，锁上玄关，逃之夭夭。

我处理过形形色色的案件，还是头一回像这样靠分析窒息的三种类型而破案。

最近，使用这种手段的犯罪有所增加。

一厢情愿地喜欢上对方，对方不接受就纠缠不休，最终杀害对方。本案中犯人杀害女方的理由是，得知女方近期就要结婚，要被别的男人抢走，遂感忍无可忍。

然而，人们大概不会把这种情况叫作喜欢到忍无可忍吧。

倒是受害人完全忍无可忍。这个故事只能说是犯人过于自私的爱惹得祸。

神秘的白骨与干尸

假设在你家发现了两种尸体，恐怕会带给你相当大的冲击。

如果两种尸体中一具已经化作白骨，另一具已经变成干尸，又会是怎样的原因呢？

恐怕大部分人都会感到其中包含着某种意图。

是否可以说，这中间隐藏着“案件的蛛丝马迹”呢？

一般想来，在同一个家里，不可能同时发现呈现出白骨和干尸两种不同状态的尸体。

难道是被卷入某桩犯罪了吗？

人们当然会这样想。

在一个家里发现了五具尸体。

仅仅如此，这事件就足以成为一个让人震惊的案子了。而更引人关注的是下面这件事。

在这些遗体中，三具已经化作白骨，两具已经变成干尸。

同一地点发现的尸体，为什么有的尸体会化作白骨，有的尸体会变成干尸呢？

这五具尸体被发现时的状态，极不自然。

由于案子不可思议，围绕不同尸体的成因着实让媒体热闹了一番。

各家媒体向各专业人士和大学教授等所谓有识之士求解，但所有人的说法都很晦涩难懂。

有人跑来采访我。

“先生，您怎么看这个案子？”

我的答复非常简单：

“这大概是死亡时期的差别造成的。”

“死亡时期的差别？”

“是的，是因为死亡时期的差别。”

我没有使用常用的“死亡推定时间”这个字眼。

我用的是“死亡时期”。

夏天死亡并放置的尸体会因为暑热而迅速腐烂，只剩白骨。一般而言，经过两三天，尸体便会开始腐烂，闻到尸臭，苍蝇就会飞来产卵。

24小时以后，蝇卵就会变成蛆，啃噬尸体。

人们常常以为生了蛆才是腐烂，其实绝非如此。即使不生蛆也会腐烂。怎样的状态才是腐烂呢？一开始是自家消化[①]。

人活着的时候，消化系统中的酵素会阻止消化液消化自己的身体，只消化吃进的东西。

可人一旦死亡，阻止消化自己的东西便不复存在，胃酸就会消化胃壁，肠内的消化液就会消化肠壁。

也就是说，消化液会通过简单的化学反应把自身人体消化掉。

所以，尸体的腐烂进程是从消化系统开始的。

在此之后的变化便是组织崩溃，蛋白质溶解。人体自身的细胞也会因为蛋白质的溶解而崩溃。如果温度高，这个速度便会大大加快。

起初发生的自家消化与蛋白质溶解是同时进行的，体内的杂菌[②]、大肠菌等各种东西都会加入进来，吞噬人体的组织。

不久，苍蝇就会飞来产卵，生出蛆来。

正因如此，夏天尸体腐烂的速度会更快。

经过四五天到一周的时间，尸体最终便会只剩白骨。

---

① 人死后，胃肠壁因受消化液的作用而溶解，称为自家消化。

② 杂菌是在微生物的分离及纯培养过程中出现的与分离培养菌种不同的其他菌种。

大家有没有夏天在渔港附近看到过被啃噬得乱七八糟的鱼呢？鱼的身上满是蛆虫，只剩骨架。夏天的尸体也是这种感觉。

可是，冬天死亡并同样放置的尸体却不会变成那样。原因与夏天放置尸体的原因正好相反。在冬天，尸体因为寒冷很难腐烂，很快便开始干燥。

干燥后很难腐烂，尸体又会怎样呢？

上面讲过的蛋白质溶解就会变得缓慢。

把食物放进冰箱就能延缓腐烂。同样，蛋白质的分解会变缓，溶解就不会开始。

不久水分失去，开始干燥。

干燥严重，尸体就会变成干尸。就如同变成鱿鱼干一样，不经腐烂而被保存下来，失去水分后就会变成干尸。

所谓干燥就是失去水分。当然，夏天也会失去水分，但腐烂的速度更快。所以，可以认为冬天会发生相反的现象。

比方说在杯子里盛上水，水会蒸发，不知不觉就会干掉。占人体内百分之六十的水分慢慢减少到百分之五十、百分之四十，身体就会起皱。

所以，冬天山中遇难者的尸体大体上都会变成干尸。可以认为，在寒冷的地方因为通风好，遇难者就会变成干尸。因为一句“山就在那里”而出名的乔治·马洛里[1]的遗体便是在山顶上化作了干尸。

由于上述原因，冬天死亡的人会变成干尸，夏天死亡的人会经过腐烂而化作白骨。

我这样做了解释。

这个原因简单明了。

但是，为什么竟有五个成年人会这样死去呢？

纵然明白其中的道理，但考虑现实，委实不可思议。

这与所谓死亡时期的差别完全不在同一个层面上。

让我们再梳理一遍。

三人死于夏天。

两人死于冬天。

五个人的遗体同在一个家里。

这就是说，夏天死亡的和冬天死亡的两拨人中，总有一拨是守着眼前的尸体生活或是过活了近半年的时间。

假定先死的是夏天那三人，冬天死的两人就是守着

---

① 乔治·马洛里（1886—1924），英国著名探险家，曾任查特豪斯公学教师和书院院长。1924 年，他尝试攀登珠穆朗玛峰，在途中遇难，遗体于 1999 年被发现。当被问及为何要攀登珠峰时，他说：“因为山就在那里！”（Because it's there!）

眼前三具化作白骨的遗体迎来了秋天，活到了冬天。

反过来，假设先死的是冬天那两人，剩下的三人就是守着两具已经化作干尸的遗体迎来了春天，生活了近半年。到了夏天，他们也死了。他们的尸体被曝于高温之中，化作了白骨。

不管是哪种情况，同一幢房子里展出了异样的光景。这是不难想象的。

为什么会发生这种事情呢？

我认为，那是一群不承认死亡的人生活在一起。

有可能这是一群对死亡有着宗教式的特别观念的人，在这所房子里过着集体生活。他们认为死去的人很快就会复活。

这么理解的话，这就不是一起灭门杀人案，也不是一起抢劫杀人案。

人们还可以知道，这也不是一起全家情死案。

我做了这样的解释后，来采访我的导演深感信服，点头而归。

电视节目播出几天之后，真相被报道出来，与我的解释一模一样。

尽管如此……

事实上，只要想象一下那半年的光景，心里就会忍不住难过。

假设先是两个人在冬天死亡。

那么，剩下的就是三个人。

他们，肯定深爱着先死去的那两个人。

正因为爱着他们，才不承认他们的死去。

他们无法接受。

他们面对遗体生活。

不久，他们所爱的两个人变为干尸。

亲眼看到眼前全过程的三个人，很快自己也体力不支，迎来死亡。

在暑热的夏季空气中，三个人的尸体很快腐烂，不久便化作白骨。

真是一个令人无法释怀的案子。

第四种死因

一个人从工地高处坠落身亡。

一般想来，人们会怀疑他脚踩空了。

但我想，读过我的书的人都会知道，不能如此轻易地下判断。

事情发生在某个工地。一个男子在楼上施工，作业过程中，从相当的高度坠落。遗体上有坠落造成的外伤。

怎样坠落的？没错，他的确是坠落的，但因何而坠落，我们要搞清楚原因。

如果是操作中不慎坠落，当然适用劳动工伤险，保险受益人将获得相当于 1000 天日薪的保险金。如果他的工作收入是一天 1 万日元，那么就会获付 1000 万日元的保险金。

如果他图谋自杀，在工作中凭自己的意志跳楼，就不适用劳动工伤险。

所以，需要查明他究竟是死于意外事故还是故意自杀。

不过有点麻烦的是，本案存在既非事故又非自杀的第三种可能性。

那人也有可能是由于生病发生眩晕，踉跄着跌落下来。实际上，在作业过程中因疾病发作而死亡的人也是很多的。

这种情况也跟自杀一样，不是作为意外事故而是作为因病死亡处理的，不能适用劳动工伤险。

说到底，如果没有在工程施工作业流程的某环节上遭遇事故意外死亡，是不能适用劳动工伤险的。

不过，如果因疾病发作而坠亡，尽管拿不到劳动工伤保险金，有时也可以追究监督者的责任。

雇佣方有义务预先规避劳动者可预期的风险。

根据规定，雇佣方不得在没有很好掌握员工可能心脏病发作或患有严重心脏疾患的情况下使其工作导致事故；不得误漏员工疾病可能发作的情况，而使员工在可能发生因发病而坠落或跌入水沟溺死等风险的场所工作。

雇佣方必须让有这类疾患的人从事事务性工作或在安全的场所作业。

所以，员工如果由于疾病原因而坠落，管理者将被追究责任。

不论何种情况，为什么会从作业现场坠落下来，警察都会详细调查原因。

因为通过调查，承担责任的人可能发生变化，保险金如何支付也可能发生很大变化。

这个事故属于哪种情况呢？

是事故？还是自杀？

因病的可能性也同样存在。

我要求验看尸体。

尸体上只有坠落外伤。

“他穿的衣服怎么样啊？”

我决定认真仔细检查尸体所穿的衣服。

贴身汗衫上浸透了汗水。因为他在工地上，这可以理解。

就在我检查汗衫背部的时候，不禁叫出了声：

“这，这是……”

他的贴身汗衫背部居然有一个分趾鞋[1]的脚印！

“这，说不定有可能是被人从背后踹下去的！仔细侦查一下才好啊。”

验尸结束后，我发出了这样的指示。

① 也称胶底袜，日本人在工地等作业时常穿的一种脚拇趾和其他脚趾分开的带橡胶底的软鞋。

警察根据背后的分趾鞋鞋印重新侦查了一遍。

真相终于大白。

他与同事吵架，结果被从楼顶上踹了下去。

“给老子拿过来！”

“你说什么?！”

这样的对话最后变成了吵架。

分趾鞋帮我们破了案。

既非意外事故；

也非故意自杀；

又非因病死亡。

他死于第四种原因。

就像这具在高处被人从背后蹬踹坠亡的尸体，它与凭自身意志从高处跳下死亡的尸体所见有所不同。

一种是没有心理准备，一种是自身意志，两者并不相同。

这个不同也会反映在尸体上。

大家可以想象一下，在脚手架上踩空坠落时的情景。

假设某人肩上扛着板材或其他东西在脚手架某处行走。

这时，他一脚踩空从脚手架上坠落。

这是一种情况。还有一种情况是肩上扛着板材，但由于自己的意志“嘭”地连物带人一起坠落。

前面已经详细讲过两者的不同，这里不再重复。总之两者会出现明确的不同。

这也是一个问题。不过，在工地上还会有更多无法简单表述的状况。

在工地现场，一般都会把很多材料放在地面上，比较杂乱。人从高处坠落在上面，就会无法弄清尸体上伤痕形成的时间。

坠落的地方长着草或立着木板，在尸体上也会反映出不同的伤情。

判断究竟是故意跳落还是意外坠落，也会因此变得极为艰难。

实际上，坠落在这种地方的尸体，因情况复杂无法写出的案例多到让人意外。

只是本案因受害人贴身汗衫的背部留下了找到犯人的钥匙，我们才得以做出认定而已。

以前，工地上事故多发。过去我曾听建筑公司的人讲，那时死于事故的人其实是很多的。

不过现在的事故，比以前是实实在在地减少了。

事故过多的话，警察会下停工令，建筑公司也做出了努力，把脚手架搭得更坚固，再加上扶手，避免事故频频发生。

以往事故牺牲过多，有不少前车之鉴，现在事故日渐减少。

据说，以前的工地和现在的工地让人感受到的恐惧程度是不一样的。

反过来说，现在工地的安全性大大提高，工地上的伪装自杀也越来越难搞了。

五声枪响

说起来都是持枪抢劫，但手法却因犯罪行为的不同而大相径庭。尤其是经过验尸和进一步的解剖，作案的是专业罪犯还是一般人，一目了然。

分辨的秘钥究竟是什么呢？

这已经是十多年前的故事了。在东京近郊的一家超市里发生了一桩案子。那是刚刚放暑假后一个炎热的夜晚。

持枪劫匪在超市关门后闯进了办公室。

这家超市每天晚上九点关门后，女店员就会拿着当天的现金销售款从室外楼梯上楼，进入二楼办公室，把现金放进房间内开着门的保险柜里，关上柜门，旋转密码盘。

保险柜一旦关上柜门，就会像紧闭的贝壳一样无法打开。她一天的工作也就到此结束。

她的任务只是关上保险柜门，打开柜门不是她的任务。

打开柜门是总经理的工作。

翌日早晨总经理上班，会对上保险柜密码盘的密码，取出现金，送到银行。

这就是这家超市的工作机制。

说得浅显点，超市方面从来没有让女店员知道如何打开关着的保险柜门。

保险柜门的开法是名副其实的顶级秘密。

那是只有总经理才知道的机密。

案发那天与往常一样，几个小时前来店里买晚餐的顾客还在喧闹不已，九点钟一到，喧嚣声就不可思议地戛然而止。女店员也和往常一样同两个打工的女高中生一起，拿着当天近500万日元的销售款走上了外面的楼梯，又像往常一样进入办公室，把钱放进保险柜。

“嘭！”保险柜那沉重的门重重地响了一声，女店员旋转密码盘。

“把钱交出来！”

不知藏在哪里的持枪劫匪站在了她们背后。

一声威胁之后，说时迟那时快，犯人已把两个打工的女高中生按坐在地上，用塑料胶带把她们捆绑起来。

"老实点！听着！别出声！"

犯人警告道，接着把枪口顶在了女店员的后脑勺上。

"快点打开！"

犯人从背后逼迫女店员。

我们刚才说过，女店员只是把现金放进保险柜锁上，并不知道打开保险柜的方法，而保险柜的门刚才已经重重地关上了。

是该说这种顶级机密严格管理的体制此刻反倒招来灾祸呢，还是该说如果犯人稍微早点吱声就可能有救呢？

总之，只有第二天早晨才来上班的总经理知道打开保险柜的方法。

犯人当然不可能了解超市的内部情况。女店员被手枪顶着脑后，陷入了极度紧张的状态，连话都说不出了。

"我不知道怎么打开。"

她连这句话都不能脱口而出了。

不知道是出于单纯的恐惧，还是不想说"不知道"以防刺激犯人激动的心理起了作用。

她因恐惧而全身颤抖，只是一个劲儿地转动密码盘。当然，保险柜是打不开的。时间一分一秒地流逝。犯人可能误解了，认为她是在争取时间。犯人的焦虑也在与时俱增。

就在这时，只听得“咔嚓”一声，背后有了动静。

犯人一回头，恰巧看到手被反绑的一个女高中生挣开了塑料胶带，正要逃跑。

被犯人发现后，她恐惧得不能动弹。

犯人从后面对着坐在地上筛糠似的发抖的两个女高中生的脑袋，“砰！”“砰！”一人给了一枪，让她们当场毙命。

听到枪声，女店员试图逃跑到相反方向。

“站住！”

听到犯人强硬的命令，她不由自主地停下脚步，回头向后望去。

就在这一瞬间，一颗子弹从她的前脑门进去，从后脑勺穿出。

“嘭”的一声，女店员一屁股坐在地上，靠在墙上痉挛起来。犯人走近她又开了一枪，子弹从后脑勺进去，从下颌穿出，导致女店员当场死亡。

犯人想自己打开保险柜，“咔嚓咔嚓”旋转密码盘，门却纹丝不动。

犯人抢不到钱，心里万分懊恼，拿着手枪朝保险柜锁开了一枪。

中弹的地方略微瘪下一点，子弹往相反方向飞了出去。

短短的一两分钟，这地方一连五声枪响。

枪声是击中女高中生的一人一枪，击中女店员的两枪，和击中保险柜的一枪。

路人听到了“砰砰”五声清脆的枪响。

如果为打开保险柜在这里磨蹭下去，不知道什么时候附近听到枪声的人就会聚集过来。事实上，附近的居民此刻也正朝这间办公室奔来。

犯人着了慌，一分钱也没有抢到便逃之夭夭了。

听到枪响后十到十五分钟，附近的居民聚集而来。他们胆战心惊地上到二楼，往办公室里窥探，发现三个人已经倒在血泊中死去了。

案情如上所述。

犯人尚未抓到。

案发后，我很快被叫到现场为电视直播作讲解。

当时我的法医学见解是：

犯人在短时间里致三人当场死亡。

犯人应该是使枪的好手。

一般人都会认为，子弹打穿脑袋肯定会当场死亡。

实际上并非如此。

即使是子弹洞穿头部，也有死和不死两种情况。

如果子弹穿过大脑的核心部位脑干，人会当场死亡。因为脑干是司掌脉搏、呼吸、消化吸收等植物神经系统中枢的地方。

人从出生到死亡，心脏一直在跳动，呼吸一直在进行。

即使睡着以后没有意识了，人也还在呼吸，心脏也还在跳动。这种自动工作的植物神经中枢就位于脑干。

因此，一旦脑干被子弹射穿，人就会立即倒毙。

而大脑除脑干以外的其他地方即使被子弹射穿，人会失去意识，却未见得一定会死亡。

两者之间有所不同。

此案中的犯人在短短几分钟内就用子弹射穿了三个受害人的脑干。

鉴于这些情况我们可以做出判断，犯人不是一个半吊子的枪手。

推断该犯人是一个有战争经验，或经常在外国承接杀人的活，或受过专门训练的人物。

然而，在盗抢方面他却是个外行。

这就是我所描绘的犯人形象。

如果他是个盗抢行家，他绝不会明目张胆地闯进有人的场所，而会去认真查清无人时间段，打开保险箱把钱盗走。这才是盗抢行家的作案行为。

本案案犯虽然是个专业级枪手，却是个盗抢外行，所以才会专门在有人进进出出的时候逼人“把钱交出来”。

他一分钱也没抢到，却夺走了三个人的宝贵生命。可见案犯极为冷血。

根据这些情况判断，犯人不是日本人的推测是成立的。

日本人中鲜有如此专业的枪手，与日本人对生命的价值观相对比，案犯过于薄情，而且犯人尚未被捕。我认为，至少犯人不在日本国内。

面对媒体的采访，我用脑部的解剖学图片做了说明。

我讲了子弹打到脑子的什么地方，人才会当场死亡。

短短两三分钟时间内连杀三人，而且都是当场死亡。

这绝非偶然。通常人们都会认为只要子弹贯穿颅骨人就会死亡。但犯人具备的可不是这种一知半解的知识。

尤其是店员在逃跑途中听到“站住”的威胁后回头的刹那，子弹从前脑门射入，从后脑勺穿出。店员这就死了吗？并没有，而是进入了痉挛状态。

犯人走近靠在墙上的店员，从后脑勺朝下颌部又射一枪，致其当场死亡。

由此可以判断，案犯清楚地知道子弹通过哪里人才会死亡，非常了解致人当场死亡的脑部位置。

所以我前面才说，案犯不是一个经过战争的人，就是一个在黑手党受过这种训练的人。这就是案犯的形象，很难认为他是个日本人。

在我迄今所验的尸体中，极少有如此大概率致死人命的罪犯。

再说一点供大家参考。用手枪自杀时，不击穿脑干也是不会当场死亡的。所以也有人会因自杀失败而陷入植物人状态。

东条英机①在美国军队去抓捕他的时候，用手枪打了自己的头部却没死。他的自杀未遂也与这种情况有关。

某著名演员把猎枪插进嘴里扣动扳机自杀，子弹打穿了脑干。媒体在报道时漏掉了“他是一个很会学习、样样精通的人”的事实，也许他早已了解了这些知识。

---

① 东条英机（1884—1948），日本军国主义代表人物，曾任日本内阁首相、陆军大臣、内务大臣等职。东京审判中被判为甲级战犯，于 1948 年 12 月 23 日执行绞刑。1945 年 9 月 11 日，美军执行逮捕时，东条英机用手枪向胸部开枪自杀，子弹洞穿肺部但未及心脏，自杀未遂。本书作者误记为东条英机向头部开枪。

知道得太多，有时也会招来不幸。但无论如何人不能把知识用于死亡。这个案子更强化了我的这种想法。

第三章

尸体只说一半

美日对阵

这是一起未破的案件。

某处发现了一具用被子层层裹住的尸体。

罪犯用被子把尸体层层卷裹起来，用刀刺了尸体的颈部，纵火后逃匿。

案犯究竟是谁？

能想象出他的罪犯形象吗？

FBI（美国联邦调查局）的退役刑侦分析员与我共同录制了节目，主要内容是对这起未破案件的案犯形象进行推理。

电视台的意图就是一句话，要做成“美国刑侦分析员 VS 日本法医”的场景。

分析员从迄今为止美国的犯罪统计中推导出了罪犯形象，但尚不清楚他统计出来的数据是否适合日本的情况。

根据受害人被用被子层层卷裹、颈部被刺，然后被放火焚烧这一连串事实，结合现场所在闲静住宅区的周边状况，分析员认为是跟踪狂作的案。

分析员在节目中还提出了这样的见解：染指这类犯罪的多为居住在离现场一公里以内的变态者。

而我则出于日本的生活环境与美国不同，提出了不同的见解。

与其说案犯是跟踪狂，不如说是一个小偷。他偶然入室，正在物色要偷点什么，被这家主人发现，导致犯下此案。我阐述了自己思考的罪犯形象，认为案犯并非跟踪狂，而是偶尔路过的小偷。

案子发生在一个细雨蒙蒙的傍晚。

这户人家的主妇为准备晚饭，出门去买东西，走出了玄关。一个男子打着雨伞，看到了这一切。

男子肯定以为机会来了。

于是他悄悄入室。

一楼只有灶台间和一间跟厨房一样的房间，他寻找目标，以为财物在楼上，便上了二楼。

但他不走运，在二楼与这家人的女儿撞了个满怀。

案犯大概压根儿没有想到，主妇出门后，家里还有其他人。

案犯与这家女儿撞了个正着。两个人都大吃一惊，女儿大声喊叫起来。

案犯慌了手脚，暗忖闹出更大动静可不得了，便拿起睡觉的被子蒙住女儿。

“别逼我！”

案犯说着，就把她的手脚捆了起来。

案犯又把女儿的嘴塞住，见她老实下来后，再次物色起屋内什物。

这时，女儿从蒙住她的被子里伸出头来，又闹将起来。

案犯焦躁起来，骑在她身上，朝她颈部连刺数刀。

女儿被刺断颈动脉，血流不止，一命呜呼。

颈动脉一断，血液会从颈部向头部喷涌。

案犯是骑在女儿身上的，手上溅到了少许血。

结果，案犯只偷到了一点小钱后，下楼到厨房洗了把手，又放了一把火，就逃之夭夭了。

小偷嘛，如果室内无人，偷上两三万日元的小钱就会逃走。可是一旦被住户家人发现，就会大惊。面孔已经被人看到，这种不安使其极有可能杀害对方。

这就是我的见解。

FBI 退役刑侦分析员与我的意见正相反，可真是针尖对麦芒了。

如果真像FBI退役刑侦分析员所说，罪犯是个跟踪狂，那么过上四五天，他的罪犯形象基本就会浮出水面。

然而，案发后已经过去了近十年，别说抓捕案犯，至今连案犯像样的罪犯形象都未弄清。

直到今天我都认为，真正的案犯应该是与受害人素昧平生的小偷。

日本本来就不存在类似美国联邦调查局（FBI）这样的机构。

在日本，县警察署的科学侦查研究所、警察厅的科学警察研究所或侦查一处充分发挥着这个机构的作用。刑警和鉴定官在侦查会议上把从现场收集来的数据汇集起来，由侦查一处处长牵头进行各种分析。

下面的人相互之间并不联系，搞指纹的只采集指纹，搞脚印的只采集脚印。这些单纯的数据会被提交到侦查会议上研究。

所有这些，包括美国刑侦分析员所做的那些工作在内，都由上层制订方针。因而，日本并没有一个所谓分析处的处室。

日本与美国，各有适合自身国情的组织形态。

不管怎么说，采用这种手法的犯罪最近有所增加。如果像我所思考的那样，这些都是偶然过路者的犯罪，那么，我一直主张的“尸体会说话”或许也会成为“尸体只会说一半”的状况。

尸体能说出是在什么状况下死亡的。但要是罪犯与被害者素不相识，尸体就说不出罪犯是何许人也。

这次电视对决似乎博得了好评，观众纷纷说节目好看。

但反过来说，这也是一个证据，证明罪犯形象难以确定的案件有所增加，以至于必须委托这样两个完全不同的机构来推测罪犯形象。

发生恶性案件时，电视台经常会来问我的意见。但最近我突然感到，问完我的意见后，绝大多数案子都没有再报道过抓到犯人的消息。可见这类案件大大地增加了。

这些案子里，已经完全不存在往日犯罪时那种爱憎、嫉妒等人类应有的感情。我感到了一种毫无表情、毫无生气的枯燥感。

悬崖上的独白

简直就是悬疑剧中的一幕。

接到二次鉴定的委托后我这样想。

案件发生在某个半岛上。

悬崖顶上有一个停车场。从崖顶到海面，距离大约50米。一辆汽车从崖顶坠落。

崖顶下20米左右突起一块岩石。

汽车的前盖板撞到这块突起的岩石上后，汽车被高高弹起。

受到冲击，车门大开。汽车便开着门翻滚坠落，一直滚到海水边。大家联想一下电视剧中那种滚落的镜头就很容易明白。落下的汽车着了火，完全烧毁。

司机连影子都找不到。

几天后，遗体浮出了海面。

事故发生当初，有人说是司机打算停车，操作失误坠崖。

于是警察做了现场勘查。

勘查时发现，离悬崖 30 厘米左右的边缘上铺满了混凝土护墩，形成停车护栏。不论是倒车还是前行，轻型汽车是越不过去的。

只有一处没有停车护栏。空间可过一辆车，可以停汽车。大家都认为汽车可能是从这里坠落的。

但是现场勘查表明，汽车不是从人们最初所想的地方坠落的。

坠落处下方 20 米左右有一块突出的岩石，汽车坠落时曾撞在上面，反弹起来后车门被打开。

然后汽车才滚落到下面燃烧起来。

滚落期间车门一直是开着的，坐在车里的人极有可能被甩出来。

车体剧烈燃烧后，人们已经无法弄清里面的人是否系了安全带。

如何判断这究竟是自杀身亡还是意外死亡，成了一道难题。

就这样，我收到了二次鉴定的委托，要求确定“本案可否定案，认定为意外死亡有否问题”。

事发当初，本案是按照意外死亡处理的。

当时留有记录，里面这样写道：

“本案车辆坠崖燃烧，车中无人。”

这就是说燃烧的汽车里面没有任何人，这一点千真万确。

事发四五天以后，车主在离现场 4 公里的海面上被人发现，已经成为溺尸。

尸体已经皂化[①]，并伴有腐烂，但未见外伤。

尸体所见如上所述。

“这可不是意外死亡，而是自杀呀。”

我说道。

何以见得？

该车司机就是车主，但他并不是在崖顶上驾驶操作失误而坠崖的。

因为车主的尸体未见坠落外伤。

解开本案之谜的关键，在于悬崖下方中部附近的那块岩石。

---

① 尸体在水中、水分充足的土壤中或完全隔绝空气的地方，内部的脂肪会发生变性而形成黄色蜡样物质（尸蜡）。这时尸体会停止腐化，慢慢变硬，最后成为石膏状物。这个过程称为尸体皂化，又称尸体蜡化。

汽车坠落后撞到了突出于半道上的那块岩石上弹起，车门也因此打开。

由本具尸体所见可知，他不是车门打开时被反弹力抛进大海的，而是一开始就没坐在车里。

如果他一开始就坐在车里，情况又会怎样呢？

他会握着方向盘坠落下去。

汽车在中途撞到岩石，会发生巨大反弹。

他手里握着的方向盘会撞击胸部，这在交通事故尸检中很常见。这样一来，当然会发生手臂骨折、胸部损伤之类的外伤，否则便无法解释。然而，本具尸体上却没有任何外伤。

从停车场到崖底有约 50 米的高度。汽车坠落途中撞到的那块岩石在停车场下方约 20 米处。这就可以说，汽车是从大约六层楼的高度落下的。

大家可以想象一下从六层楼上坠落的情形。

人一般都会当场死亡。

而尸体上居然没有外伤，这完全不可想象。说他是意外死亡，怎么想都解释不通。

出于这些考虑，我出具了二次鉴定的结果报告，认定他是先在悬崖上使汽车坠落，然后又在其他地方投水自尽。

法院采信了我的鉴定。

这简直就是悬疑剧中悬崖顶上犯人的独白镜头，只是这次镜头的最后画面，写在了我的鉴定书上。

这可是名副其实的“尸体会说话”！

是“啊——”还是“唔——”

有人“啊——”的一声从工地高处坠落。

有人“唔——”的一声从工地高处坠落。

这声音究竟是“啊——”还是“唔——”？

死者最后发出的声音究竟是什么？

实际上，我们有时可以通过最后发出的声音是“啊——”还是“唔——”知道死因。

触电身亡在过去是并非罕见的事故。

因为这不是一般的因病死亡，当然需要验尸。

这种事故多数是碰到裸线而触电。

非电工专业人员在作业中手上会出汗，用汗湿的手误触电线便会触电身亡。

这里简单介绍一下为什么会发生触电的原理。

人手潮湿后，电流可以没有阻抗地流进人体，并从脚底等处流出，也就是电流通过了人体。这就是触电。

换句话说，就是电流从手而入，通过身体，经脚而出，流入地球（地面）。人体接地就是触电。

电流通常会在出入人体的部位上遇到阻抗，所以会产生烧灼的伤痕。这种伤痕叫作电流斑。有时电流出入的部位被水或汗液濡湿，电流就会毫无阻抗地出入，不会形成电流斑。

如果尸体上没有电流斑，即使验尸，有时也查不清死者是否真的触过电。

那如何进行区分呢？

这是触电身亡这种非正常死亡尸体的验尸方法之一。

坠落时发出的是“啊——”的喊叫声，还是“唔——”的呻吟声？

本节开头写到过，听声判断也是一种方法。

具体说说这种方法。

“啊——”是人受到某种惊吓时发出的声音，发声时人处于有意识状态。

而人发出“唔——”的声音，很有可能是心脏病之类的疾病发作。

一旦心脏病发作，心脏就会忽然收紧，人就会忍不住用手抱胸，发出低沉的“唔——”的呻吟声。

也就是说，人遇到外在因素会发出“啊——”的惊讶声，遇到内在因素会发出“唔——”的下意识声音。

稍作想象就能明白。

触电时电流会穿过身体，产生麻感，人会条件反射地发出“啊——”的声音。

电流穿过身体产生麻感时，人绝对不会发出“唔——”的呻吟声。

心脏疼痛时，人会发出“唔——”的呻吟声，而不会发出“啊——”的声音。

这些都是身体诚实的反应。

法医必须对这些细微的变化保持敏感。在某种意义上，对人类身体没有纤细的敏感，是干不好法医这个职业的。

不过，这种说法也许仅限于日本人。至于外国人会发出什么样的声音，我没有经验，并不清楚。我们有足够的理由想象，无论是“啊——”还是“唔——”，外国人的反应跟日本人的，可能并不相同。

先不去说外国人，如果是日本人，我都会先向周边的人打听死者是个什么情况。

“他发出的是‘啊——’的声音，还是‘唔——’的声音？”

触电后受到惊吓，人从高处坠落下来。

但并不是人坠落下来，就一定会当场死亡。

对躺倒在地面上的人，可以根据他当时发出的声音是“啊——”还是“唔——”做判断。当然，即使死时发出的是“啊——”声，我们也会进行解剖，检查心脏。

接下来还要了解人是坠落下来砸在地上摔死的，还是在楼顶工地上触电身亡的。

哪一个是直接死因呢？如何区分两者的不同呢？

为此要在尸体上寻找有没有电流斑。

如果有电流斑，那就是触电身亡。

如前所诉，碰到电线时如果有阻抗，触碰处就会形成烧伤，电流斑可以通过这个伤看到。所谓触电，指的是电流从手而入，从脚而出并接地。电流通过自己的身体并接地，那么电流进出的部位都会产生电流斑，形成伤痕。

这些情况是可以通过验尸去发现。但如果电流进出部位被濡湿，电流斑就不会形成，判断就会变得十分困难。

是“啊——”？

是“唔——”？

人在事出突然时，会情不自禁地脱口叫出真实的声音。

我想在这方面，本例是一个典型。

“脚踏实地”的死亡事件

乌鸦若无其事地停在裸露电线上。

为什么乌鸦不会电死呢?

人与乌鸦不同吗?

不是人与乌鸦不同，而是电流通过乌鸦后没有接地，所以乌鸦不会触电。前面讲过，所谓触电状态，简而言之，就是指电流进入人体，然后接地流入大地。假如乌鸦有一只脚接触了地面，电流就会通过这只脚流入大地，也会触电。

只要大家看仔细点就可以知道，乌鸦是两只脚同时站在一根电线上的。这种状态下不会接地，所以乌鸦不会触电。

但假如两根电线平行，乌鸦把左脚和右脚分别跨在两根电线上，那么它也会触电，会被无情地变成烤乌鸦。原因是流过电线的是交流电流，只触碰一根不会触电，但跨在两根电线上就会触电，就像把两根电线碰在一起会“啪啪”地打出火花那样。

现在，电线外面裹着绝缘体，很安全。但如果电线某处破损，电流就有可能进入人体。

这就是如果人跳起来双手抓住电线把身体悬空吊住，电流无法接地，人就不会触电的道理。

说得极端点，一旦处在脚触地的状态中，即使在家里也会触电。

人们有时会意外触电。我再写上几笔聊聊此事及其原因。

也许大家经常会看见做电工的人手戴橡胶手套，脚穿橡胶长靴。

他们为什么要穿这种装备呢?

这是防触电措施，因为橡胶是不导电的绝缘体。只要手或脚有一头受到绝缘体的保护，电流就不会进入人体。电流不会接地，人也不会触电。

人们脚穿橡胶长靴，手戴橡胶手套进行作业，即使碰到了电线也不会出任何事。我们也经常在厨房戴橡胶手套洗东西。只要戴上这种手套，用电就安全了。

此外，人对电也有适应性。一般人触到 100 伏的电会被电死，但从事电气工程的人中，却有人可以随意触碰。

我们有时用湿手触到插座会被电打麻。这种程度的电流一般不会致人死亡。

现实中人触电身亡的人相当多。我验过几例电死的尸体，既有老人也有孩子，可以说都是些抵抗力弱的人。

说起来，一般都会在尸体上看到电流斑，即在手、脚两处留下烧焦样痕迹。

这就是电流进入身体和流出身体的两个地方。

一般触碰电的地方（即电流进入身体的地方）留下的痕迹相当明显，而电流流出身体的地方往往不会形成那么明显的电流斑。

还有很多其他触电的情况。

放风筝时，风筝线缠到了电线上，也有触电的危险。虽然风筝线拿在手上，但脚却踩在地上，起到了接地的作用。

插座也一样。恐怕大家都有触到插座被电麻过的体验。尤其是小时候，经常会发生这样的事。

插座上有正负两个插孔，同时碰到时手就会有麻感。

雷电触电的情况也很多。

每年都有人遭雷击身亡。

我也验过几具这样的尸体。

同在家里触电的情况不一样，人被雷击后留下的电流斑非常显著。前不久，一家公司老板的夫人和女儿，下雨时在树下躲雨，遭到雷击，双双身亡。其实躲在树下很危险。登山途中遇到打雷，由于山很高，人又是良导体[1]，雷便会朝人劈来。

我想大家可能也听闻过汽车里很安全的说法。

那么“汽车里”究竟是否安全呢?

可以说基本上是安全的。

为什么呢?

因为车轮胎是绝缘体。金属是良导体，但下面是绝缘体，电流进不来。如果是没有轮胎的报废汽车，那就非常危险了。

也许有人会认为，摩托车下面也是绝缘体，所以很安全。理论上的确如此，但这里面有陷阱。

摩托车在暴雨中飞驰。

司机以为轮胎是绝缘体，很安全，于是不断加速。

前面出现了信号灯。

啊！红灯！

---

① 在常温条件下，极易导电的物体称为良导体。

缓缓减速。

远处雷鸣声响起。

你在红绿灯前停下。

你的脚触到地面。

是的，这一下就完蛋了。

此刻，摩托车不再是绝缘体。

小刀成为凶器的可能

常言道“纸上谈兵”。正如字面所示，这句话指的是仅在脑子里空想、嘴上空讲而缺少实践。

我长年担任法医，哪里有非正常死亡尸体我就去哪里，验尸、解剖样样都来，自信并非纸上谈兵之辈。

往往，我从现场体会到，赶赴现场，仔细观察尸体、了解尸体情况有多么重要，读多少篇论文都弄不懂的事情，通过现场操作可以搞得一清二楚。

犯人杀光了一家五口人，抢了钱后纵火逃匿。

在烧后废墟中发现了一把被认为是犯人作案时使用过的小刀。

不久，抓到了一个疑似犯人的男子。

嫌疑人交代，他是用废墟中发现的那把凶器刺进对方腹部，抵达脊梁骨，让对方受到了致命伤。

实际上，受害人被发现时尸体已经被烧过，脊梁骨上留下了刺穿腹部的凶器尖部造成的伤痕。

庭审开始。

检察官主张，犯人用这把小刀刺杀了受害人。

但是被当作本案凶器的小刀，成了案情争议的焦点。

原因是用这把小刀来杀人，刃长太短。

凶器太短，从腹部刺入后无法达到脊梁骨。

辩护方强调这一点，嫌疑人也翻供，说如此交代是遭到逼供所致。

而检方却主张这把小刀可以成为凶器。

究竟哪个说法才是真相?

有家电视台委托我对这把凶器进行验证。

我在一所护士学校担任解剖学课程的教师，讲课时要用到人体模型，碰巧有与受害人背部相似的模型，便做了一个实验，看被认定为凶器的那把小刀能否刺达脊梁骨。

小刀从腹部刺入，情况的确如辩方主张的那样，刺不到脊梁骨，差二三厘米。

这把小刀果真不是凶器。

读到这里，读者或许会这样认为。

然而真相并非如此。

实际上，这正是开头所说的“纸上谈兵”。

也许有人会想，既然实验都做了，还说是“纸上谈兵”，这是什么意思呢？

请再想想。

刺不到脊梁骨的毕竟是模型。

模型与人体不是一回事。两者究竟有怎样的区别呢？

模型是硬塑料做的，而人体是由骨、肉、皮构成的。

不同之处就在这里。

只要大家对这个不同稍稍发挥一下想象力，就会产生新的视点。

不论对谁都可以。

比方是喜欢的人。

假设你拥抱喜欢的人。

会发生怎样的情况呢？

对方的身体不是会一下缩小很多吗？

是的，本案中也发生了同样的情况。

手握刀具猛刺对方腹部，对方的腹部会因外压而瘪进去。

塑料模型不会瘪进去，但活生生的人体顶上去是会瘪进去的。

所以，如果只差两三厘米，那么这把小刀成为凶器的说法是可以充分成立的。

光从理论上说，也许的确刺不到脊梁骨。然而实际上，腹部确确实实是会一下缩瘪很多的。

我面对着架在眼前的电视摄像机，对着人体模型做了这样的解说，顺利地完成了节目录制。

然而意外发生了。

预定的节目突然取消播出了。

“哦！这么说案子破了？”

我问来采访我的导演。他似有难言之隐地说道：

“不是。其实……”

他解释了取消播出的原委。

他的主要意思是案子还在审理中，应该控制可能对审理产生影响的节目播出。尽管是在电视里提出的见解，却也可以说成是一种佐证，被视为一语中的的证言。

一个法医，不论他是否在心里憎恶犯人，是否想对犯人不利，都应与他的工作不扯上关系。

归根结底，法医的工作就是搞清楚尸体说出的真相究竟是什么。

这样一把短短的刀具能否构成凶器，竟与巨大的人权问题直接相连。

我们的工作貌似与审判相似，却处在不同层面。

毕竟“澄清事实”与“这个事实是否构成犯罪”是两个不同的问题。

比方说，即便这把小刀作为凶器可以成立，但嫌疑人是否把它实际用作了凶器，它是否可以成为“嫌疑人即犯人”的证据，却是另一个问题。

我们必须时刻真挚地倾听尸体的声音，但对法医学与法律审判各有不同也要心领神会。

第四章

被医生背叛

剥除指纹手术

说到破案，象征性的东西就是指纹。

刑警做着记录，旁边鉴定官往桌子上扑撒着白色的粉状物。

这是侦探剧中常有的镜头。

也是搜捕犯人的基础中的基础。不说都明白，这样做的依据是“世上没有两个同样的指纹”这一事实。

实际上，人尽皆知的指纹，并没有在电视里看到的那样简单。鉴别指纹所需要的知识不是那些浮在表面的东西，光看电视剧是解读不到一定深度的。

现实中的确发生过令人震惊却愚蠢至极的案件，是否是因为对指纹一知半解导致的，不得而知。

这个案子与某宗教团体有关，案件始末如下：

犯人们绑架并杀害了受害人一方的律师，他们认为律师是阻拦自己主张的障碍。这纯属是颠倒黑白的仇恨。

涉案犯人有五六人，他们为成功作案而全力以赴，脑子里根本没有想过要隐匿证据，或是制造不在现场的假象。

作案后他们才发现，现场留下了指纹。

“不消除指纹，他们会抓到我们。”

想到这里，他们做出了愚蠢的举动。实际上，警察的侦查之手已经伸了过来。

同一宗教团体所属的一位男护士，竟匪夷所思地想用砂纸和锉刀抹去参与作案的犯人——他这些弟兄手上的指纹，以使证据灭失。

用锉刀锉去的指纹会怎样呢?

指尖的表皮被剥去，指纹消失了。

但事情理所当然地又回到了原点。两三周之后，消失了的表皮又长了出来，指纹又微微显现出来。

用这种方法抹不掉指纹。

这下他们很焦急，便与团体中的医生商量。他是外科医生，妻子是麻醉科医师。

参与商量的医生让妻子施以麻醉，从专业的角度尝试用外科手术切除指纹。

手术将指尖的指纹连表皮带真皮全部剥去。实施了这样的手术之后，剩下的就只有肌肉，指纹连根消失了。光是听到这些，手指尖都会发痛。

指尖的指纹确实消失了。而且，也不会重蹈上次男护士锉掉后又恢复原样的覆辙了。

可是，接受了手术的犯人们双手指尖却受了伤，在长达一年的时间里，都无法用手指拿东西。

这太愚蠢了。

而且这位医生犯了一个关键的错误。

什么错误呢？

他不了解指纹侦查的基本机制。

所谓采集指纹，并非仅仅指采集手指尖的指纹。

指纹采集由警察的鉴定处进行。电视里看到的白色粉末是铝粉。用它要采集什么呢？要采集的是残留在餐桌、书桌等物表面的手指皮脂。把铝粉扑撒在残留的皮脂上，指纹的形态就会清晰地显现出来。

假设犯人用手触碰了一下桌子，附着在手表面的皮脂自然就会粘到桌子上。把铝粉扑撒上去，旋涡状的指纹形状就会显现出来。

用一根白色胶带一样的东西往上面一按，再把它贴到漆黑的底面上，就会清晰地显现出电视里常见的白色指纹。

问题就在这里。

侦查时并不只是采集指尖指纹，手触碰部分的手掌局部或整个掌面都会显现出来。

那位医生不了解这些。

也就是说，他不知道还有掌纹的存在。

留下指纹的人不会单单只留下指尖的指纹。

作案时仅留下指尖指纹反倒不自然。

要么是很注意地戴上手套完全不留指纹，要么是在突发性犯罪过程中疏忽大意裸手抓过室内的东西，二者必居其一。

不知道是受到电视的影响，还是纯粹因为无知，这位医生把指纹视同于指尖指纹了。

现实情况是，手掌上的掌纹也会显现出来。

如果真的想要消掉指纹，就必须连同手掌的掌面皮肤全部剥掉。从这个意义上说，这是一个不具法医学知识的医生实施的一次剥去指纹的手术。

假定：

就像他们所想的那样，指纹只有靠指尖指纹才能判断。

那么，完美犯罪就可以成立吗?

大概很难。

被杀害的是受害人一方的律师，因此侦查之手迟早会伸到他们这里。现实上，他们察觉到警察的侦查之手已经伸了过来，才焦虑起来，做出了这种愚蠢行为。

假设把这五个团伙成员的指尖指纹连同皮肤一起剥掉了，又会怎样呢？

不是所有罪犯都需要提供指纹。

他们这样做反倒等于交代说：

“我们是犯人。为了消除证据剥掉了指尖上的指纹。非常痛。”

这太粗陋了。

剥除指纹本身就有问题，因为医生为消除证据提供了帮助。剥除指纹不是医疗行为，而是为罪犯提供帮助的愚蠢行为。

如果不能秉持“不可为者绝不可为”的行医哲学，医生就会被卷入犯罪。

不，这位医生的所为毋宁说是背道而驰的。

他秉持扭曲的哲学，积极地涉足了犯罪。

他们的犯罪，也把错误信仰的恐怖血淋淋地展现在了世人眼前。

地下剁指手术

黑社会剁手指是臭名昭著的黑暗行为。

喽啰做了对不起头儿的事儿，就会受到恫吓，要剁掉下他小指的第一节。

喽啰照此执行了，则表示他有反省的意思，向头儿谢了罪。这已经成为黑社会的惯例。

以前好像是犯一次事剁掉一个指节。

指节有第一指节、第二指节、第三指节，犯三次不地道的事，小指就会被全部剁掉。

犯六次事，左右双手的小指就会被全部剁去。

我年轻的时候经常见到左右手小指全无的道上人。

不过，最近不再这样剁手指了。

黑社会还流行剁手指的最后那阵子，年轻的喽啰对剁手指心存恐惧，又怕痛，就跑到医生那里上麻药，然后剁掉。

过去剁手指不是靠医生，而是自己剁。自己剁不上麻药，当然会相当痛。

怕痛，便有人找医生上麻药剁手指。

与前述施行剥除指纹手术的医生一样，有为黑社会施行剁指手术的医生存在，这本身就是一个问题。

这种行为已经偏离了医疗范畴。

但没有法律来约束这类行为。话说回来，制定法律时就没有想到会有这类坏事。

即使没有法律，医疗工作者也不允许做道德上明确不允许做的事情。

剁指手术对一般持有医生执照的人来说，属于比较容易操作的。

简单说，只要卸掉关节即可，然后切割、缝合，过一周左右拆线。

手术可以无痛，并轻而易举地完成。

但这毕竟只是从技术层面来说的，“容易”与“可做”可不是一回事。

做手术的目的是治病，而截掉健康人手指的行为却与此背道而驰。

这种手术不能用医疗保险，只能私下做，而且收取了常人无法想象的巨额费用后才会做。

这就降低了医生的道德水平。

变性手术也有过类似的历史。

战后混乱时期，男性找工作难，变成女性就能拉到所谓的“客人”，变性手术开始流行。

这当然属于地下医疗行为。

手术是这样做的：首先从阴囊里摘除睾丸，把阴囊整形成大阴唇的样子，再切除阴茎，但做不成阴道。

有人为此打起了官司。当时的庭审是这样交锋的——

检方主张，变性手术是摘除健康男性的睾丸，不属于医疗行为。这与剁手指是一个道理。

对此，辩方进行反驳，提出下列主张：

想变成女人的诉求就好似得了感冒想要治疗一样，因为是接受手术的人自己想成为女人，所以变性手术相当于治病的医疗行为。

最终，审判长作出了不能认定为医疗行为的判决。

实际上，这里所说的变性手术准确地说并不是变性，真正的变性手术必须在摘除睾丸之后植入卵巢。

“变性”手术是要真正做到“改变”“性别”的，如果手术不能把男人变成女人，就不能叫作“变性”手术。

可实际上做手术时，切除睾丸后就什么都不管了。

这是把男人做成了不男不女的状态。

把这种手术叫作“中性手术”才对。

可直到现在，包括媒体在内，不知道为什么，大家仍然称这种中性手术为变性手术。

实际上，把女性的卵巢植入男性的体内，物理上是做得到的。植入卵巢后，身体就能分泌雌性激素。

卵巢移植就好比肾脏移植，即便是脑死亡状态下获得的供体也可以移植。只不过不能从闭经女性身上获得供体，因为闭经的卵巢不会分泌激素。

现实问题先放一边，如果像骨髓库那样建立卵巢库，并进行强制性血型配型，卵巢移植并非不可能。

现在的器官移植对象，都是找不到供体就会死的人，所以自己想变性要卵巢的愿望不会得到响应。

在雌性激素诱发癌症的情况下，人们会接受手术摘除卵巢。

与此不同，就前述变性手术而言，也有女性想变成男性而接受变性手术的。

这种手术首先要摘除卵巢，再植上阴囊和阴茎。但这不是真的阴茎，而是植上某处的皮肤。说到底，也还是只改变形态的中性手术。

都说人类的欲望会带来新的欲望。然而，男人生孩子的时代恐怕永远不会到来。

这涉及到人类的“生”这个根本问题，涉及到神的领域，谈论起来永无休止。

刮宫手术

医生对你撒谎，你一点办法没有。

故事发生在战后混乱时期。青霉素被引进日本，链霉素、氯霉素等大量抗生素陆续开发出来后，也在日本流通起来，日本的医疗水平因此前进了一大步。

以前一直被当成最恐怖病症的结核病、肺炎，几乎所有的传染病都可以治愈，不会再死人了。

同一时期，日本制定了《优生保护法》[1]，刮宫手术得以方便进行。

外国人为了做刮宫手术，兼着观光的目的，从全世界各地来到日本。

在这样的时代背景下，有一天……

一家开业医院做了一例刮宫手术。

① 是日本于 1948 年 7 月 13 日颁布，同年 9 月 11 日施行。该法的目的在于从优生学的观点出发，防止增加劣等后代，保护母亲的生命和健康，促进日本人的健康，提高日本人口质量。

妊娠早期，子宫柔软，如同刚捣好的年糕一般。为把孩子孕育得更大，子宫处在一种软绵绵的状态之中。

结果发生了医疗事故，导致孕妇子宫穿孔，失血过多死亡。

一无所知的丈夫在走廊里焦急地等待，盼望着手术顺利结束。

医生慌忙与朋友商量，说患者已被治死，请朋友给个建议如何应对。

他们商量妥当后，医生便对等在外面的丈夫解释道：

“手术很顺利，为防止感染注射了青霉素。不料青霉素过敏，夫人去世了。”

医生为隐瞒事实做了虚假的解释。

医生随后出具了青霉素过敏死亡的死亡诊断书。

丈夫将这份文件提交给区政府户籍科，申报死亡。

但申报却被区政府的窗口退了回来，得到的解释是：

“青霉素过敏死亡不属于因病死亡，在某种意义上属于意外死亡，必须接受东京都法医的验尸。所以这里不能受理。”

医生本想隐瞒事实，不想却得自己向警察申报非正常死亡。

警察受理了申报，侦查后，委托东京都法医院验尸。

一位法医为此出了外勤。

医生主张是青霉素过敏死亡。

“在哪里注射的？”法医问。

“在前腕部进行了皮下注射，确认了没有异常，半小时后在肩部肌肉较厚处注射了一支，不料引起了过敏。”据说医生是这样回答的。

法医听了解释，正式进行验尸。

看了两处注射痕迹，均无生活反应[①]。

对活人注射，针头刺过的针眼会被红色凝血堵住。可这具尸体却没有生活反应，即，没有伴随出血的情况，从针眼可见黄色皮下脂肪。

通过对这具尸体的验尸发现，极有可能注射是在死人身上进行的。换句话说，注射不是在生前，而是在死后。

见证解剖的警官向检察厅的检察官做了报告，请求决断。检察官要求进行司法解剖。

遗体在验尸后进行了司法解剖。

一旦解剖，死因便一目了然。

子宫破裂，伴有大量腹腔内出血。

---

①生活反应指暴力作用于生活机体时，在损伤局部及全身出现的防卫反应，包括形态改变和功能变化。根据伤者存在的生活反应可以确定受伤当时伤者尚处于存活状态，有时还可借以推断伤后存活的时间。

为隐瞒医疗事故而谎称青霉素过敏的事实，大白于天下。

注射青霉素的目的原本是预防术后感染。

手术过程中可能会有细菌进入，尤其是口腔内部、消化系统以及子宫黏膜表面无法消毒，也不能用绷带包扎，很容易感染。伤口虽然会很快恢复，但在恢复期间细菌也极有可能进入伤口。

注射青霉素可以抑制这些炎症。经过改良，现在变成口服药了，但过去注射是主流。本案就是一个恶意利用注射事故掩盖医疗事故致死真相的案例。

另外，如果死亡申报被受理，户籍就会被批注为死亡，并会向死者遗属发放准许举行葬礼的许可书。在没有接到下葬许可书之前是不能随意举行葬礼的。由于这种情况，出生申报和死亡申报均为24小时受理，不分周六日，也没有时间限制。即使在人口稀少地区，政府也是轮班受理的。

有时夜间申报比白天申报更容易得到受理，因为这时多为非专业人士值班。白天总是行家老手接待，很多时候会像本案一样被告知，“这不能受理，请报警”。不过，就算在夜间，可能会有问题时，值班人员也是要向分管专家打电话确认的。工作机制如此缜密，死者家属大可不必担心。

总之，一旦死亡诊断书被区政府受理，死者将失去所有生存的权利，兹事体大。死者将失去财产，要依法转移给遗产继承人。

人通过出生申报获得名字，在取得户籍的同时，根据日本的法律，其本人的全部人权即得到保护。而人一旦死亡，这一切都会消失。

取得户籍和注销户籍都需要医生的诊断书。因而，死亡诊断书很重要。

婴儿出生时，两周内必须取好名字完成申报。逾两周不申报，婴儿的出生日期便会被滞后。过去就经常会有 12 月 31 日出生的人被登记为 1 月 1 日出生的情况。

出生日期为某月某日是需要医生证明的，这与死亡时的情况相同。

出生那天没有医生，就需要助产士证明；助产士也没有，就需要町长[①]或村长的证明。如果是独自生下的孩子，那么，和尚、附近的阿婆，无论何人，只要有人做证人就可以。

① 日本的町大约相当于中国的镇，町长大约相当于镇长。

可见，出生时不像死亡时非得要医生的诊断书，其他人也可以代行手续。

说句极端的话，一群人勾结起来伪造一个世上根本不存在的人的户籍，也不是不可能的。

只是想象不出这样做会有什么好处，因为既有义务教育的问题，又要纳税，不久的将来还得缴纳时下已成社会问题的养老金。

肾脏移植患者之死

一个人生了病，无奈住进了医院，这时，他最信赖的人会是谁呢？

是父母吗？是配偶吗？他们的存在当然会让人心里有底气。

但这与信赖的意义略有不同。

医生才是你可以放下一切去依靠的人。

医生的工作很重要，手里握着患者的命。

理所当然。

然而，有些医生整天忙忙碌碌，或者总被“大夫”“大夫”地奉承着产生了误解，忘记了自己的初心。

患者把生命交给了医生。

特别是得了性命攸关的大病时，对患者而言，主治医生就是神一样的存在。患者压根儿不会想到会被医生背叛。

假设医生有践踏患者的这种心思，那他的行为动机是什么呢？这种事情有可能发生吗？

即使在医疗技术特别发达的当代，器官移植也是一项很难顺利完成的工作，需要难度极高的技术。经常发生的情况是，因为移植的是别人的脏器，身体会出现排异反应，很难稳定。

人类身体原本就有一种功能，可以敏感察觉并试图排斥外来异物。

举个身边的例子——腹痛。

不良异物进入身体时，身体排除异物的防御反应就会开始工作，通过腹泻、呕吐等努力使身体恢复正常。

反过来可以说，这些都是人类身体构造精巧到如此地步的证据。

在这些艰难的工作中，肝脏移植和肾脏移植的成功率是比较高的。例如肝脏移植，有位身为国会议员的儿子成功地为同为国会议员的父亲移植了肝脏，让人记忆犹新。[1]

这中间是有原因的。

肝脏这种脏器天生具有一种功能，移植时不用全部移植，只要移植少许部分，它就会自我增殖。移植拳头

① 见《法医之神 1：死者的呐喊》。

大小约 20 克至 30 克的肝脏，它便会长大。

肝脏可以进行移植手术，病人可以靠增殖出来的新肝脏生活。

众所周知，肝脏有炎症，反复发作就会发展成肝癌，一旦病情恶化，肝脏本身就会硬化。

切除原来肝脏中不好的部分，移植新的肝脏，新的肝脏就会增殖长大，正常发挥功能。

肝脏移植不必切除全部肝脏，只需切除一部分。那位国会议员和他的儿子就是这样，一直健康地从事着政治活动。

说到器官移植，日本也发生过医生犯下的臭名昭著的案子。

这位医生是肾脏专家。

患者患的是肾功能不全。肾脏是造尿的器官。那位患者的身体不能从血液中提取尿的成分，已经恶化到离不开人工透析机的状态。

这是一种痛苦的生活。

患者盼望至少能过上普通人的生活。

他左思右想，提出了想移植肾脏的要求。

医生闻言答道："那我给你介绍捐献者吧。"

“这是要花费用的。请汇款 2500 万日元到我的存折上。”

患者一心想抓住救命稻草，尽管筹款十分困难，但因此可以得救，还是非常高兴的，毕竟提建议的是自己最信任的主治医生。

他拼命筹钱。对住进医院的一般患者来说，2500 万日元是一笔高得没谱的巨款。

但是，他渴望回归正常生活。

这是金钱换不来的。

他终于筹到了2500万日元，汇进了主治医生的账户。

然而……

太残酷了！这个医生确认患者的汇款到账后，竟然亲手在患者的胳膊上注射毒药，杀害了他。

医生出具了一份心力衰竭的死亡诊断书，暗地里将死者葬掉了。

不是医生，就不能出具死亡诊断书，而他确实是患者的主治医生。没有任何人会怀疑他。

有关方面受理了这个医生出具的死亡诊断书。

眼看这事就要变成一桩完美犯罪案。

葬礼过后，遗属整理患者遗产时，发现股票和其他大量存款不见了踪影。

钱财究竟去了哪里？

遗属调查后得知，这些钱财都被汇进了医生的银行账户。

这个医生恶意使用只有医生才能使用的技术毒杀患者，并为实施完美犯罪自己出具了死亡诊断书。

被捕后这个医生供述，他是为得到开业所需资金而实施的犯罪。

本案是偶然发现的，没有超好运气是很难被识破的。他毕竟是主治医生，有权自行出具死亡诊断书。

只有医生才能出具注销户籍所需的死亡诊断书。反过来说就是医生有资格注销户籍。医生这个职业被社会赋予了这样的权利，并得到社会的认可。由于工作对象是人的生命，无论是在社会上还是在人格上，医生的可信度都是很高的。医生被认知为淑女或绅士，不允许有背叛医德的行为。医生要有这样的精神准备，这也是医生的哲学。

如果某人死亡，被注销户籍，那么他的遗产就将由他的法定继承人获得。所以，想要事先把自己做成某人的法定继承人，然后杀害某人并攫走某人的全部财产，这在理论上也能做到。

患者把自己的一切押在了医生的身上。

请医生设法救自己。

患者每天接触医生时，心里肯定都有这种想法。

“我会尽力的！”

身穿白衣的医生说的话，肯定给患者带来了生的希望。

想到被医生杀害的这位患者的心情，恐怕不只是我一个人内心会痛苦难熬吧。

第五章

逝者的人权

分尸杀人犯的心象①

人一旦陷入恐慌，有时会做出事后想起来百思不得其解的举动。

人们一般会称此为后悔。后悔，有的能够补救，有的无法补救。

为各色案件，尤其是世人所谓恶性案件验尸时，我每每都会不由得想，真正具有一颗凶恶之心的人原本并没有那么多，不如说很多人是因为内心脆弱才做出意想不到的举动。

位于新宿②的日本屈指可数的娱乐一条街——歌舞伎町，发现了一具无头尸。

尸体被发现时只有躯干，且身份不明，好不容易才

---

① 当对象不在面前时，我们的头脑中浮现出的知觉形象或者组织样式称为心象。

② 新宿和下文的涩谷都是东京都的区名，两区毗邻。歌舞伎町是位于新宿的日本著名娱乐中心街区，也是著名的“红灯区”，多有暴力团等黑社会势力在此活动。

辨清其性别为男性。

这件事旋即引起轩然大波，各家报纸也大幅报道。

遇到这类恶性凶案，媒体经常会来了解我的看法，针对此案，记得我是这样说的：

一般杀人分尸，犯人多会用汽车将尸体抛进海里或埋到山里。一般都是这么做的，但这次却把尸体抛在了繁华街道的后街。

尸体没有了颈部以上的部分，胳膊也没有了，腿也没有了，只剩下躯干部分。

就是发现了这具尸体，警察光靠躯干也无法采集指纹，无法辨认脸型。尸体的信息量太少，警察无法确定尸体的身份。

这难道不是犯人在挑战警察吗？！

还可以有其他假设。

本案发生在歌舞伎町这种特殊的地段。

尸体被发现后，知情者应该能看到媒体的报道。

这时尸体便会向他们发出强烈的信号。

这是在杀鸡给猴看，警告他们：

“如果背叛伙伴，这就是下场，当心着点！”

这扑面而来的气息极像是一起有组织的犯罪。

很快，在涩谷发现了躯干下面的部分。

人们推测这与歌舞伎町发现的尸体同属一人，并进行了肢体对接，果然是同一人。

又过了一阵，在八王子[1]的一个公园里发现了一颗人头。

头颅也与躯干吻合。很清楚，这些尸块全部属于同一个人。大凡分尸案，基本上都采用这种实实在在的办法进行案情判断。

又过了一段时间，案件迎来了完全出乎意料的逆转。

犯人既不是我所预料的那样要挑战警察，也不是像暴力团那样要杀鸡儆猴，她纯粹是一个普通的家庭主妇。

主妇杀害丈夫之后，从身体上卸下下肢，又切下了头颅和上肢。

她把躯体装进衣箱，放在手推车上，乘出租车，遗弃在了新宿歌舞伎町附近的铁道线旁。

不是自夸，我经常应邀在电视节目里谈论案件，推测案犯的形象，准确率相当高，然而我对本案的推测却完全不准。也许正因如此，我才记得分外清楚。

---

① 八王子是东京都下属的一个市，在新宿西面，距新宿约 40 公里。

我的读者都会知道，我在解说时经常会说：“杀人分尸案多为体力较差的弱者和女性所为。”

本案的谜底一揭开，果然如我的平时主张，案犯是一个家庭主妇。然而我被新宿歌舞伎町这个特殊地段所迷惑，做了错误的推测。

这次的犯人是一个随处可见的普通主妇。

但她的犯罪行为之残忍却使任何地方的暴力团都自叹弗如。

这种反差似乎已经成为最近犯罪的一个倾向。

为在节目里谈论犯人的形象，我同电视台的采访团队一起去这对夫妇居住的公寓进行了采访。

杀害丈夫的这位主妇没有孩子。

在用装有葡萄酒的酒瓶殴打头部杀死丈夫之后，她放倒房间里的西服柜，把里面腾空。

然后买来很多腐殖土铺满柜子。

在这上面将被害的丈夫大卸八块。

她说，这样做的原因是她以为在腐殖土上分尸，血液会全部被腐殖土吸掉。

可是按常识想，分尸不该在这种地方，而该在浴室之类的地方进行。

为什么不在浴室，而是在西服柜里分尸呢？

想出这种地方，完全超出了人们所能理解的范围。

当然，尸体会发出尸臭。听说她为此大冷天也一直开着公寓的窗户，没有关过。

杀死丈夫以后，她甚至把房间全部重新装修了一遍做了伪装。

为了做出丈夫失踪的样子，她甚至用丈夫的手机给丈夫的朋友发短信，假装丈夫还活着。

她自己还四处打电话，假装担心地说："我丈夫不见了。"

最后她做出一副毫不知情的样子回了娘家。

总之，她作案后的所作所为都是以完美犯罪为目的。

被捕后，她坦白了案件的全貌。

关于杀害丈夫的动机，在她看来，导火索是家庭暴力。如果这是事实，那么导致杀人的动机是很清楚的。

在这个案子中，主妇如果去自首，承认杀害了丈夫，也许判处七八年有期徒刑就可结案。但她不但没有自首，反而实施了分尸。

到这时，罪名已经是普通的杀人罪加尸体损毁罪了。此外她还做了室内除味、重新装修等伪装工作，更要罪加一等。

在杀人案中，罪犯做伪装搞隐瞒以期达到完美犯罪的目的，罪行就会像滚雪球一样越滚越大。

因无法忍耐家庭暴力而导致了杀人的结果，只要老老实实地自首，还是有酌情从轻处罚余地的。

本来嘛，杀掉身边的人还想逃得干干净净，可以说是不可能的。

完美犯罪是做不到的。毕竟受害人身份清楚，又有正当职业，突然人不见了，纸是包不住火的。

她就该老老实实去自首，不要搞那些伪装。这才是真正的偿罪。自己杀了人，却还要欺骗世人，说自己什么都没有做，那后面的人生又怎能活得安稳呢？

保险金保命也致命。

一条法律的修改引发了本案。

强化取缔交通违法行为的法律，使交通违法现象有所减少，这是修改法律的正面影响。而嚷嚷着要搞“宽松教育”，修改了教学大纲以来，日本人的学习能力有所降低，这也许是修改法律的坏例子。

一位父亲闹将起来，说孩子被拐了。

这已经是近三十年前的故事了。

警察作为诱拐案对此案展开了侦查。很遗憾，发现孩子的时候，孩子已经变成了一具他勒死亡的尸体。

发生了诱拐杀人案，警察随即铺开了一张巨大的侦查网。

但作为重要人物，父亲的形迹却十分可疑。

警察严厉追查了这位父亲，结果发现他给孩子上了500万日元保险。

最终案件真相大白。父亲想要钱及时行乐，享受人生，给孩子上了保险后再将其杀害，假装孩子被拐，骗取保险金。

然而事情到此并未结束。

进一步的侦查发现，两年前他的妻子上吊自杀。一梳理，与这次孩子的情况一样，他为妻子上了500万日元的保险，然后勒杀了妻子，伪装成妻子上吊自杀的样子。

当时，妻子被当成上吊自杀葬掉了，他却把整整500万日元揣进了腰包。

他玩乐有瘾，两年便将钱挥霍一空。他尝到甜头，便把与当年同样的手段用在了自己孩子的身上。

仅仅为了玩乐的钱，他就把魔掌伸向了妻子和孩子。

父亲杀害孩子以骗取保险金的案子在当时很罕见。

那会儿，也很少发生现在这样父亲虐待孩子的案件。

过去与父亲有关的典型案件绝大多数是情死。

生活穷困，终致悲剧。

在某种意义上看，那时还是纯粹之心尚存的时代，为了玩乐的钱而给亲人上保险，再将其杀害的案子特别罕见，所以给我留下了印象。

不过，正如大家实际感受到的那样，保险金杀人案现在特别多。

为什么保险金杀人案会越来越多呢？

原因当然复杂多样，纠缠不清，很难简单地说是某一种原因导致。

但有一个原因可以考虑。

那就是一项法律修改后并开始实施了。

根据以前的法律，即使是自杀，只要投保后届满一年，受益人就可以拿到全额保险金。也有保险公司规定须满两年才会支付全额保险金。但主流体制是满一年以上。

要问为什么会形成这样的体制，情况是这样的：

打算自杀的人觉得没少给家人添麻烦，反正自己要死，好歹给他们留下点保险金也好，于是去上保险。

这一年，想自杀的人一边要忍着不去自杀，一边却付不起一年的保费，往往两三个月后就会自杀。

在长达一年的时间里，能付得起保费的人可能在不知不觉间就变成了不会自杀的人。

他一直付着钱，咬紧牙关再活一年，活下去的力量就会回来。他的精神也会坚强起来，想法也会改变，会萌生出不去自杀的念头。

这是一种把保险金奉送给那些一年后真自杀的人的做法。

在这种状态下，有人做了统计，结果显示第13个月自杀的案例激增。

保险公司看到这个统计以后修改了保险条款。

以此为界，保险公司把保险金支付期限从上保险之日起一年后改成了两年后。

真的会忍受着活够两年的人没有那么多。

自杀就是对当下状况产生绝望，当事人要么等不下去很快自杀，要么在两年中间心境大变。

不过，现在多发的案件已经不是保险人本人自杀，而是为别人上了保险，满两年后将其杀害，伪装成受害人自杀或意外死亡的样子。

我实际感受到时代变得越来越复杂。

过去的保险金杀人案，多为男性杀害妻子。

现在则反过来，女性杀害丈夫。

在酒里掺上安眠药让丈夫喝下，丈夫便会进入昏睡状态。造成丈夫无力抵抗的状态后，妻子就会把丈夫勒死，或按进浴缸里。

在使用药物杀害男性的保险金杀人案中，身体柔弱的女性也会有很高的成功概率。

而且，男性可以被投保高额保险金。

妻子为丈夫上保险几乎不会让人起疑，很难被发现。人们很难想象，妻子真的会杀害丈夫。

反过来，丈夫如果为完全没有能力支撑生活的妻子上高额保险，这本身就很奇怪，被怀疑的可能性极高。

杀心、欲望与保险金搅和在一起，妻子就会策划杀夫。

为了不使杀夫行为败露，妻子会拼命思考如何才能伪装成意外死亡，比如，伪装成浴缸溺水、楼梯坠落等。

不过，现在这个年代，就连所谓外行也可以轻易了解到安眠药致死量之类的医学知识。

而在过去，人们是没有这么多知识的。

知识既可以用于善，也可以用于恶。

没有比道德缺失更可怕的事了。

相扑力士的真正死因

发生了一起现役相扑力士死亡案[①]。我也为此在电视台做过节目。尽管我在电视里做了详细解释，但案子还是搞得满城风雨。我想，原因之一就在于日本现行的验尸制度。

我打算在这里再谈一谈这个问题。本案中，家属怀疑死因，委托新潟大学的医师做了尸体解剖。我也一样，直到今天仍然不断有人来委托我做二次鉴定。

换句话说，这也是一个间接证据，证明了不知有多少案子都会以错误死因被蒙混结案。

这类委托大多数来自没有法医制度的地区。其中委

①2007 年 6 月，日本爱知县时津风相扑部屋（相当于俱乐部）一名 17 岁的相扑运动员斋藤俊在训练中失去意识，送医后死亡。在未做司法解剖的情况下，警方认为其面部和身体上的多处擦伤和皮下出血等为训练过程中形成，将死因定为心脏病发作。家属怀疑其被谋杀，申请新潟大学做了解剖。结果表明死因为创伤性休克引起的心跳停止。警方后来查明死者遭到教练及师兄用棒球棒和啤酒瓶的轮番毒打，并强迫其与其他运动员进行长时间撞击训练受虐而死。此案在日本引起广泛关注，社会对警方尸检的程序和能力提出了质疑。

托我做二次鉴定最多的就是浴缸溺死的意外死亡。

我已多次提及法医制度，很多读者可能已经有所了解。但念及尚不了解的读者，我想再写几句。

在日本，只有东京、横滨、名古屋、大阪和神户这五大城市设有法医制度。其中，只有东京拥有名为“法医院”的独立政府机构来彻底实施这一制度。其他地区采用的都是特聘若干大学医师的形式。譬如大阪，每天有一位法医上班，承接当天所有的验尸工作，满市奔波。

这一体制的工作机制是：只凭验尸即可查明死因的，法医会当场出具尸体检验书并结案；只凭验尸无法认定死因的，就把遗体送去大学，等当天全部验尸工作结束后，法医再回到大学进行解剖，作出认定。

但现在的情况是，没有人审查他们所出具的文件。

整个案件全凭一个人的判断进行处理，这就成了错误的根源。

而在东京，验尸后无法认定死因的，遗体会被送进法医院。

法医院由当班的解剖法医，即由另外的法医进行遗体解剖。

也就是说，遗体至少要经两位法医过目。全部工作结束后，上司要审阅他们出具的文件，然后再上报副院长、院长。

所以，这个机制要对案子反反复复多次审核，可疑之处难逃法眼，很容易发挥自净作用。

法医院每月还有一次医务会议，疑案会拿到会上讨论。是人总会出错，但经多人过目，能做到防错于未然。

拿棒球打个比方。东京因为有东京都法医院，所以有四个裁判。但在其他地方，没有裁判，只有一个球员，当然会有做不到的地方。

进一步说，没有法医制度的地区，既没有裁判，球员也不是专家，不出错反倒怪了。

东京以外的其他地方就是这样，一个人验尸、出具诊断书就可以全部结案，没有机构进行审核。即使有法医制度，内部机制也未必与东京一样。

说得极端点，案件处理全凭一个人的判断。

与其说这是一个个人问题，不如说这是一个结构性问题。

我再说具体点。

大阪的情况是，大学医学部里设有死因调查所，这个机构相当于东京的法医院。附近大学的法医学、病理学等专业的医师作为特聘法医过来上班，工作实际状态如前所述。

横滨有三名特聘法医进行验尸和解剖，但一切全凭一位法医的判断进行处理，费用由遗属承担。如此运作的卫生行政体系极其可疑。

再就是名古屋。这里的警察几乎从不利用法医制度。虽然是大城市，但这里一年也只处理50例非正常死亡的案子。在这一点上，大阪和神户做得比较认真。尽管如此，他们的做法也还是不够的，正像前面说过的那样。

法医制度起步的时候，除东京、横滨、名古屋、大阪、神户之外，京都和福冈也曾有过，但这两个城市后来废除了这个制度。

事情经过是这样的：

进入昭和60年代[①]以后，日本出现了重新审视“来自美国的馈赠式法律”的动向。法医制度是战后从美国引进的，所以也在重新审视之列。当时总理府（现内阁府）和厚生省（现厚生劳动省）的审议官到法医院来视察。

为了让他们看到验尸和解剖的实际情况，我在现场陪了他们一整天。

这使他们认识到法医制度是一个非常好的制度，是东京不可或缺的制度。法医制度这才得以存续下来。

---

① 即1985年后的10年。

但京都和福冈却凭当时知事[1]的判断废止了这个制度。理由是既占预算，又不能灵活用于其他目的。

我认为这是逆时代而行。

那位相扑力士被救护车送来的时候，应该这样做：医院向警察申报非正常死亡，由警察进行侦查，并在医生的见证下进行验尸，做出本案不能作为单纯急性心力衰竭（因病死亡）处理，应进行司法检验和司法解剖的判断。当时如果这样做了，也不会引起那样的轩然大波。

为什么要进行验尸呢？

不为别的，就是为了保护死者生前的人权。

专业运动员会在教练和领队的眼皮底下坚持训练直至死亡吗？事情发生时家属并不在场。很难想象强壮倍于常人的体育运动员会在训练中死于急病。

在学校，如果孩子突然死亡会是什么情况？从校长到教员都会被追究责任。学校不仅对家长，对社会也负有解释义务。自然，社会还会要求学校申请警察侦查，请求进行司法解剖以查明死因，并正确应对社会关注。

本案也是如此。未经解剖便轻易做出“因急性心力

① 知事，是日本的都道府县行政区的首长，此名称源自中国古代的知府、知县。

衰竭而病死”的结论，这不是在保护死者生前的人权。

警察也好，医师也罢，都要对为什么要进行验尸有清楚的认识。

钱和命，哪个重要

我处理过很多直击医生职业道德的案件，原本拯救生命的医生竟恶意使用了医生的技术。

传统的好医生当然存在，但好医生不会犯案。从这个意义上说，很少有机会通过验尸这种形式结交好医生。

临床医生为拯救生命日夜拼搏在治疗一线。

我们法医为捍卫逝者的人权而验尸。

虽然有看活人还是看死人的区别，但作为拥有同样医师执照的人，想法都是一样的。

我能够秉持这样的哲学，父亲的影响很大。

他是一位在北海道乡下开业的医生。那个时代很多地区缺医少药，没有健康保险，穷人看病很难。不少患者得了肺炎，因为穷，便不去看医生。

每次听说有这样窘困的患者，父亲都会去为患者注射，给患者施药。

我还是个孩子的时候，就一直看着父亲这样的背影。

他们付不起钱。没有钱，没办法。这时父亲的口头禅是：

“钱和命，哪个重要啊？”

父亲常常把这句话挂在嘴边。

结果，这种负担转加到了自己的生活上。正所谓自掏腰包填亏空。尽管父亲是医生，我家却绝不富裕，毋宁说一年到头都是亏本生意。

作为回报，每到秋天，都会有患者送来很多土豆，说是收成很多。还会有患者把鱼送到家门口，说捕到很多。这样的事情经常发生。

很久以前有一位“红胡子大夫”[①]。

听说，最近电视台播出了一位在冲绳离岛上为人们工作的医生的故事，获得了很好的收视率。年轻医生从东京来到离岛，跟当地人生活在一起，从事医疗工作。

这是一个真实的故事，很多人都爱看。这说明大家都希望医生有这种“爱”。

不久前，有位孕妇在分娩过程中昏迷，被不负责任

① 日本著名电影导演黑泽明 1965 年导演了黑白电影《红胡子》，该电影中的疗养所所长留着红胡子，故得此绰号。红胡子医生医德高尚，医术高明，不畏权贵，不计报酬，为不计其数的下层民众疗伤治病。

的医院推来推去，最终不幸死亡，惹出了问题。

造成这种局面的原因之一，是妇产科医生绝对数量越来越少的现实情况。

妇产科医生的数量为什么会越来越少呢?

原因与前述医生的情况恰恰相反。妇产科医生是见证新生命诞生的人，工作很了不起。但也许是手上握着母子两条人命的缘故，患者死亡的风险也大，成为被告的可能性也比其他医生大。

而且，孕妇生产不等人。

总不能对孕妇说“好吧，明天下午三点做手术，请把保险证带来”的话吧。

可以说，妇产科 24 小时是“急诊”。因生理原因，夜间生产的孕妇居多。

白天工作了一整天，半夜还要被叫起，在孕妇身边一守就是两小时、三小时。现在的医学学生对妇产科医生的职业敬而远之，认为同样是做医生，不如做个更轻松的医生。

他们的心里根本没有“守护生命”的想法。

据说，最近希望做眼科医生的医学学生有所增加。

与妇产科医生相反，眼科医生不会因急诊上班，涉及患者死亡的概率也绝对小于妇产科医生。

换句话说，在这层意义上，医学学生如何选科是反映时代的一面镜子。

我做学生那会儿，很多人志愿做内科医生。那是战后不久的贫困时代，也有很多人志愿做妇产科医生。

当时，私下做一次刮宫术要花 3000 日元。一天会有四五个人前来，要求刮宫。当时的 3000 日元相当于现在 10 万、20 万日元的价值，所以很多人希望做妇产科医生。

过去法律不允许堕胎，所以很多人私下刮宫。

战后制定了《优生保护法》，如果主诉因经济原因或身体原因不能生孩子，得到了医生的认可，就可以堕胎。

比如十六岁怀孕后因经济原因堕胎，法律上是允许的。

经常会有学生怀孕，有时会找人募捐，因为保险不赔付堕胎手术的费用。

内科医生多，原因是患者多，而且改行方便。

从昭和30年代到40年代[①]，学习整形外科[②]的医学学生有所增加。

这是为什么呢？

---

① 即 1945 年至 1965 年的 20 年间。

② 整形外科学是外科学的一个分支，又称整复外科或成形外科，治疗范围主要是皮肤、肌肉及骨骼等创伤、疾病，先天性或后天性组织或器官的缺陷与畸形。

原因在于整形外科主要接诊老年人的神经痛、腰痛等病患，不是性命攸关的工作，而且这些病基本上都是无法治愈的，患者会半永久性地前来就诊。

听说现在美容整形外科多了起来。这是保险不赔付的医疗活动，价格不菲。

保险不赔付的基本上都是满足奢侈愿望的项目。

即使没有把单眼皮做成双眼皮，人的性命也无恙。

保险中含有国家补贴，如果奢侈愿望和消费都能上保险，国家预算就会破产。

最近儿科医生也数量不足了，原因跟前述妇产科医生的情况一样。孩子生病，不分时间，半夜发烧也会请医生出诊。家长越来越挑剔，医生要打针他们会反对，医生要开药他们又说孩子不能吃药片，连治疗方法也都会受到限制。

儿童又无法自己说出哪里痛、有无发烧等病情，儿科医生甚至被说成是兽医。医学学生了解如此难处后，想做儿科医生的人数愈发少了。

一直以来，医生群体中也都在嚷嚷儿科太辛苦。

看到现在医生的倾向，我不得不说医患之间缺乏沟通。

其实，这种情况根本不限于医患之间。

换句话说，这个问题遍及整个日本。我不能不祈愿日本社会能够产生新的纽带。

终章

死亡时差与身后纠纷

爱人同时旅行

“要跟相爱的人死在一起。”

这简直就是电视剧里才有的台词。我验过好几回这种夫妇的尸体。从某种意义上说，也许这很幸福。

然而，如果这成了遗属产生纷争的根源，就不是一句简单的“真好啊”可以了事的。

这是相伴生活的两个老人的故事。

“咦，老婆子还在泡澡吗？”

老奶奶去了浴室久久没出来。要是在平时，老远就能听到哗哗的水声。

老爷爷突然不安起来，拖着年老不便的身子来到浴室查看情况。

有道是好的不灵坏的灵，老奶奶果然倒在了浴室里冲澡的地方。老爷爷慌了手脚，“吧嗒吧嗒”地将光着身子的老奶奶拖到了起居室里。

不料悲剧再度发生。

由于过度惊吓，加上拖老奶奶时身体吃力，老爷爷也心脏病发作，倒在当场。

我去验尸的时候，二老躺在起居室里，老爷爷身穿衣服，拼命地把裸体的老奶奶抱得紧紧的。

验尸时，除了验明死因外还有一项重要业务，那就是推测死亡时间。

几点钟死亡的呢?

在杀人案中，嫌疑人不在现场的时间是否与推定死亡时间相吻合，这是决定是否逮捕犯人的重要因素之一。

根据现场的状况梳理事实：

首先是老奶奶因疾病发作倒在了浴室里。

接着是老爷爷在救助她的过程中，因动作剧烈和精神打击发病而死。

老奶奶先死亡，老爷爷后死亡。

我做了这样的认定，警察也与我意见一致。

如何确定两个人死亡的时间差呢?

此外还有一个情况需要认定，就是老奶奶是否真的死亡在先。

我再次观察躺在眼前的两具遗体。

仔细一看，发现老奶奶从腹部到胸部有两条抓挠伤。

可以推定，这抓挠伤可能是老爷爷在救助老奶奶的过程中慌乱误挠所致。

活人的抓挠伤通常会伴有皮下出血。可是，老奶奶的抓挠伤未伴有出血。

可知老奶奶的抓挠伤没有生活反应，是死后形成的。

因为这伤是老爷爷在已经死亡的老奶奶身上留下的，所以完全可以认定老奶奶先于老爷爷死亡。

那么，死亡的时间差究竟是多少分钟呢？

老爷爷注意到浴室情况可疑，前去察看，发现倒地的老奶奶，把老奶奶拖进起居室。这段时间是可以想象的，最多也就 30 分钟左右。

有鉴于此，我在尸检报告上，首先明确写出老奶奶的死亡时间，然后记述老爷爷死于 30 分钟后。

由于本案没有作案嫌疑，后来也没有发生什么特别的问题，我又回到忙于验尸、解剖业务的日子中去了。

大约过了半年，案子有了意外的发展。

有位律师与我联系此案事宜。

听着律师讲述案情，我很快就想起了当时老夫妇的那桩案子。听说职业棒球手能够清楚地记得比赛对手的球路。在检验过的众多尸体中，大部分尸体的情况我们法医也记得住。

但这个案子并没有作案嫌疑，我有些奇怪。

我问："怎么又打起官司了？"律师告诉我，是死亡时间出了问题。

律师问，死亡推定时间的30分钟时间差是怎么给出的？

我做了解释，重复了一遍半年前写在验尸报告上的内容。

"老奶奶身体上的抓挠伤没有生活反应，可见是老爷爷在搬动老奶奶遗体时弄上去的。由此可知老奶奶死亡在先，老爷爷死亡在后，这不会有错。再来说老奶奶与老爷爷的死亡时间差。老奶奶洗澡时在浴室突然死亡，许久之后老爷爷发现她，以老人的力气把她搬到起居室，包括所有这些时间在内一共需要30分钟。所以我给出了30分钟。"

这对老夫妇的死亡案件为何会引起争执？解释的同时，这个疑问在我心里不断放大。

听着律师的解释，我很快注意到，本案并不像我一开始认为的那样，是一对老夫妇的简单案件。

案子的梗概如下——

老夫妇并非长年厮守的关系，是不久之前才入的户籍。

两人原本是居住在两栋不同公寓楼三层和四层的邻居，每天都会开窗户关窗帘。因为只隔十米左右，总会打照面。

不知不觉中，老奶奶和老爷爷开始打起了招呼。

不久两人开始在公寓楼外聊起天来。都是单身，两人很快就同居了。几年之后愉快结婚。

老奶奶既没有丈夫也没有子女，亲人只有两个姐妹。

老爷爷的妻子先他而去，独生儿子已经长大独立。

在这种情况下，死亡时间又怎么会变成问题了呢？

也许有读者会有这样的疑问。

按法律规定，夫妻中先死一方的遗产由未死一方继承，遗产要交给遗产继承人。

问题就出在这种机制上。

也就是说，本案中虽然两个人都已死亡，但由于死亡时间不同，在法律上，先死的老奶奶的遗产要由多活了 30 分钟的老爷爷继承。

老爷爷刚继承不久的遗产，在老爷爷死后由他的儿子全部继承。

就是说，老奶奶的遗产要落入后死的老爷爷儿子的腰包。

更麻烦的是，这位老奶奶其实拥有相当可观的资产。

老奶奶的遗产本来应该由她的两个姐妹继承，现在却要被对她们而言完全是外人的老爷爷的儿子拿走。

这不是太可笑了吗？

资产拥有者老奶奶的原遗产继承人两姐妹提起诉讼，打起了官司。

争论的焦点集中在死亡时间上。

我收到鉴定委托，要求再次认真确定死亡时间。

我非常理解她们的心情。

但我不能歪曲事实。

因为我们法医最重要的、也是绝对的义务，就是要为尸体说出事实真相。

我把前述原因写了下来，出具了一份老爷爷晚死 30 分钟的二次鉴定书。

此外我什么都做不了。

一桩没有任何作案嫌疑的意外死亡，却引起了遗属之间的纠纷，这是事实。我内心对此感到无法释怀，也是事实。

后来听到了法院判决，我心中的石头落了地，情不自禁地发出了感慨，不知是喜还是惊。

判决认定两人同时死亡。

是我的鉴定错了吗?

不，不是的。

我的鉴定因正确而被采信。

审判长优先的不是严密的事实，而是人活下去所要尊重的社会道德。

理论上存在30分钟的时间差。

但两位老人几乎是在同一时刻去另一个世界旅行的。

判为同时死亡，那位儿子可以作为继承人继承遗产，老奶奶的两个姐妹也能分得遗产。事情圆满解决。

从社会共识的角度讲，和解是最好的办法。

事实与判决结果不一致。

我深感这是一个好的判例。

我忽然冒出一个念头，觉得“老爷爷和老奶奶同时死亡”的法院结论，也许是当事人老爷爷和老奶奶本人最希望的结果。

两个人老后找到了新的幸福，尽情地生活，又一起去了另一个世界旅行。

我感觉到了，他们二人正在星星上，为法院这通情达理的判决相视而笑。

“老头子啊，我们夫妻生活不长，但至死都能在一起，真是幸福啊！”

十分钟之差的悲剧

悲剧会产生出新的悲剧。

悲剧性案件发生时，媒体会一窝蜂地报道案子的悲剧性。

可是最近，新案件层出不穷，一个案子很快就会淡化，新的案子又会成为话题被人津津乐道，前不久的案子就像沙造的房子一样坍塌，被人遗忘。

一旦发生惨案，法医就会去验尸。

最让人揪心的是死者没有任何过错的案件。有时案发数月后，相关人员还会因案子的事联系法医院。

有的是感谢，有的正相反。

这证明，对当事人来说案子并没有终结。

本案发生在地铁工地上。

作业中地基下沉，敷设在路边民宅地下的燃气管道破裂。正上方就建有民宅。

事后才知道施工过程非常野蛮。

对遇难人家来说，这事故就是一场飞来横祸。没有任何罪过，平日生活平静的一家人正在睡觉，燃气忽然漏进屋来。

当时用的是煤气，会产生一氧化碳，连续吸入十至二十分钟，人就会中毒身亡。

煤气充满室内，被电冰箱恒温开关产生的火花点燃，发生爆炸，引起了火灾。

大火扑灭后，法医进行验尸。

遗体共有五具，住在这所房子里的夫妇二人和三个孩子。

一家五口人死于同一场火灾，遗体的状况却有所不同。

父亲和三个孩子没怎么被烧，只有母亲被烧成了炭黑色。

验尸法医认定，父亲和三个孩子吸入煤气后一氧化碳中毒死亡，之后爆炸引起火灾，母亲被烧死。

就是说，这样的情况是可以考虑的：父亲和三个孩子一开始就吸入了一氧化碳，中毒身亡，母亲闻到煤气味起来检查，半道上因爆炸身亡。

为此，法医认定他们的死亡有十分钟的时间差，母亲的死亡晚于父亲和孩子们。

这个认定是否正确呢？在这种情况下，五具尸体上根本看不到能够明确判断死亡时间差的任何痕迹和根据。

被烧的情况不同与死亡时间差没有直接的关系。

唯有一点可以确定，昨天还幸福生活、无罪无过的一家五口，被卷进偶然发生的工程煤气泄漏事故中，瞬间死亡。

事情过去了一个多月后，电话打进了法医院。

平安无事生活的一家五口人，因野蛮施工，性命连同包括房子在内的一切财产全部灰飞烟灭。这一家人没有任何过失。

工程负责人当然要向这一家支付赔偿金，赔偿金高达好几亿日元。

支付本身没有问题。

问题是谁来接受这笔巨款。

肯定是遗属来接受。但事情没有这么简单。

前面提到过的死亡时间上存在的这“仅仅十分钟时间差”，后来引发了巨大的纠纷，似乎与前一节所述的老爷爷与老奶奶情况一样，出现了财产分割继承的问题。

短短十分钟的时间不太好理解，或许半年的时间差就容易想象了。

父亲和孩子们因事故死亡。这时，父亲的遗产会由在世的母亲继承。又过了半年，母亲死亡，母亲遗产的大半将由母亲一方的亲戚继承，父亲一方的亲戚几乎得不到什么财产。这就是继承机制。

同样的事情发生在了短短十分钟的时间差上。

父亲和三个孩子先死亡。

母亲十分钟后方才死亡。

包括家庭遗产在内的诸多权利由母亲继承。

如果有半年或一年的时间差，大概会让人感到事出无奈。然而他们是在同一天，而且是在同一场事故中死亡的。父亲一方的遗属无法理解也是情有可原的。

一般的想法是确定为同时死亡。

母亲一方的亲属获得了大半财产，也就是说结婚才五六年，母亲一方就拿走了一大半财产。父亲一方的亲属不能接受这样的结果。

父亲一方的亲属来到法医院，要求说明“十分钟之差”的医学依据。

法医只有“尸体被烧”“没怎么被烧”这些很难称其为理由的说法，无法作充分的说明，于是向父亲一方的亲戚道歉，表示要改成同时死亡。

死者的户籍已经凭医生出具的验尸报告（死亡诊断书）注销。要修改这份重要文件中的死亡时间，需要办理手续，要向法院提出修改为同时死亡的申请，获得许可才行。

按规定，修改死亡诊断必须由出具死亡诊断书的法医拿出合适的理由，提交修改申请文件，才会被受理。

当然不是所有申请都会被受理。

本案中，法院同意修改。

这样一来，母亲一方的亲属又提出了申诉，认为不妥。

“你难道不是因为坚持信念才给出十分钟时间差的吗？为什么会因为父亲一方亲属提出了指责就轻易地改成同时死亡了呢？医学难道是如此儿戏的东西吗？”

当然是公说公有理婆说婆有理。

结果父母双方的亲属闹到了法院，都说遗产归自己，整整三年，争执不休。

一家人没有任何罪过，却惨遭横祸而死，仅此一点就够悲哀了。死后遗属之间又开始争执，发展成了新的悲剧。

最终，根据法院的和解劝告，按照同时死亡做出了结论。

医生不痛不痒地出具了一份诊断书，却引发了一场围绕诊断书的血腥纠纷。

如同本案一样，如果医学认定与法律之间发生龃龉，事情将会变得非常麻烦。

确实，事后冷静下来思考，本案没有丝毫作案性质，又是在同一时间因同一过失而死亡，确定为“全体同时死亡”并不会产生任何问题。当然，在有作案嫌疑的案件中，很多情况下，推定死亡时间都会成为抓捕犯人的决定因素，因而必须严密推定死亡时间。这也是事实。

可见，法医在验尸时必须考虑到所有人。

比如，有一对夫妇被卡车轧倒，一个当场死亡，一个三天后死亡。

这种事故平时会经常发生，但不能当作悲惨事故处理了事，以后必会发生纠纷。

我想，法院的真实心态可能是想让遗属们不要产生纠纷，往后幸福地生活下去，确定为同时死亡并发出和解劝告，是现实而理想的解决办法。

我还听说，这类案例越来越多。在同样情况下发生的案件中，即使家庭成员死亡存在时间差，法院也会按照同时死亡来处理遗产继承的问题。这种判例出来后，这类纠纷便渐渐销声匿迹了。

如果不这样，天堂里的人又怎能得到超度呢？

杀亲案

杀人是不得已而为之的事情。

不说那些本质极恶之人，就连普通人去杀害别人，往往都会有深刻的缘由，不能以一句“杀人的家伙是坏蛋”简单地一概而论。

何况杀掉的是亲人。

那种强烈的后悔感，那种挥之不去的痛苦记忆，会多么折磨人啊！

这里有两个类型迥异的案子。

第一个是八十岁老人犯下的杀人案。

她有一个年长三岁，即八十三岁的姐姐。姐姐一直卧病不起，由妹妹独自照顾。

说是妹妹，她也是八十高龄了。

姐妹二人生活，妹妹照顾病弱的姐姐，已经疲惫不堪。

那个时代，甚至还没有“介护”[①]这个词。妹妹也到

---

① 看护、照顾的意思。指为生活不能自理或不能完全自理的弱势人群，包括老人、儿童以及残障者等提供帮助、照顾其日常生活起居的护理工作。

了可以正常接受介护的年龄。

八十岁的妹妹杀死了八十三岁的姐姐，然后自杀了。

照顾病人疲惫已极，结果犯了案。

这起犯罪是福利政策尚未完善时代的案例。我觉得把它说成是国家犯下的罪行也不为过。有些事单凭“爱”是解决不了的。

我认为在这种状况下，国家应该采取的政策是告诉她们：“请把八十三岁的姐姐交给国家，妹妹去享受自己的人生。”

尽管有法律纲纪，但仍会有很多这样的社会弱者悄然过活，悄然离世。

如果邻居发现了他们，就可能找政府商量，办法有的是。但没有人发现他们，结果就很凄惨。

每当看到这种案例，我都会现实地感受到社会福利政策落后了，认为必须将此作为一个重大的社会问题来应对。

可现实中，这样的事情在曾经的日本经常发生，验完尸听完情况，心中悲切油然而生。这种情况绝非一次两次。

这就是我通常的感觉。最近，某地发生了一起案件，完全超乎了我的想象。

第二个案子。

大概还有人记得吧。

一个少年杀死了母亲。面对警察的调查，少年说："杀死的不是母亲也无所谓，随便谁都行。"这案子太有冲击性了。

有人向我咨询。

作案少年还只是一名高中生。

他割下了母亲的头颅，装在包里，去向警察自首了。

记得我第一次听到这则新闻时，受到了很大冲击。

媒体最初报道时漏掉了一个细节：犯人作案用的是刀，他是用刀割下母亲头颅的。

我认为用刀割下头颅，案犯应具有相当的医学知识。否则，割下头颅可不是轻而易举就能做到的。

或者是偶然因素起了作用？

只有这两种可能，二者必居其一。

脖子上的颈椎由七块孩子拳头大小的骨头重叠构成。椎骨与椎骨之间有一块软骨，叫椎间盘。椎骨由贝柱状韧带连接。只有刀准确地进入椎骨与椎骨之间，才可能割下头颅。如果碰到椎骨，椎骨很硬，刀是割不动的。一般情况下，必会用锯子，否则割不断。

几天以后，报道说犯人割下母亲头颅的凶器是锯子，与我原先认为的犯人用的是锯子的想法一致了。

如上所述，杀人分尸案作案时，犯人要想分解尸体，要么就是极偶然的碰巧，否则，如果没有解剖知识，不使用锯子是无法割断尸体的。这是个现实问题。

此外还有几点会被误解。

很多人都会有一种印象，觉得分尸时尸体会出血，很麻烦。其实这也是误解。

可能是自己受伤时出过血，所以有了这种印象。其实人死了心脏就会停止跳动，血液循环也会停止，即使切开血管，由于没有了压力，血液不会流出来。

所以，即使用手术刀划开尸体，也不会有血液流出来。

不过，切开大血管或脏器时会有少量血液流出，但那只是“滴滴答答”地流一点，不会“噗”的一下大量流出。

有一个说法叫“血溅一身”。的确，血液会喷涌般地流出。但要溅一身血，说到底，对方必须是活人才行。人死了，血是不会那样流出来的。

杀人分尸时在浴缸里一边冲水一边分尸，血液也不会像想象的那样流出来。

倒是犯人在这种时候往往会变得焦躁，有骨头挡着刀切不断。这才是犯人遇到的实际问题。

还有一个非常要命的状况。

那就是将尸体拦腰切断。脖子上只有肌肉、皮肤和骨头，如果使用锯子总能切下去。可是一旦犯人失策切开腹部，曲里拐弯地藏在里面的小肠和大肠就会蜿蜒流出。如果刀具刺破或割断小肠和大肠，里面的东西就会流出来，发出熏人的气味。

之后，流出来的东西会各处流散，收拾起来非常麻烦。

言归正传。总之，这类案件越来越多。

这种案例，日本以前未曾有过。

本节写了两个案例。前一个案子很悲惨，发生在日本还很贫穷的时代，八十岁妹妹因看护姐姐身心疲惫，杀死姐姐后自杀。

后一个案子令人毛骨悚然，一个少年一心想杀人，杀谁都可以，结果杀死了生母。

我能痛切地理解前一个案例中老人的心情。但我无论如何换位思考，也无法理解后一个案例中少年的心情。

以后的日本，会变成什么样子？真让人不寒而栗。

请你过好余生

真正幸福的活法究竟是什么？

有人说活到生命的尽头最幸福。果真如此吗？

有一个案件让人们不得不重新思考这个问题。

有位医生结婚了。他的第一个孩子是瘫痪在床的重度残疾人。此后，妻子便忙于护理这个孩子。

她的人生不得已变成了照顾孩子的人生。

丈夫是位医生，每天忙于诊疗，从来没有跟妻子一起照顾过孩子，或是搭把手。那个时代，女性还不像现在这样多地在社会上抛头露面。

尽管有个瘫痪的孩子，天天过着苦难的日子，但一家人表面上过得还算平静。

三十年后，悲剧突然袭击了这个家庭。

做医生的丈夫让自己亲生的孩子嗅了乙醚，致使孩子失去意识后勒住他的脖子，把他杀害了。

这不是疲于护理的母亲出于无奈而杀人的犯罪行为。

而是成天忙于诊疗，几乎与瘫痪的儿子没有接触的父亲所犯下的罪行。

为什么作案的不是母亲，而是父亲呢?

最近，杀害子女的原因也有了很大变化。我想跑下题，聊聊今昔杀子的不同。

这是很久前一名准护士犯下的案子。

案子发生在自己家里。在给爷爷、奶奶、孩子上了生命保险后，她把大量的治疗哮喘的药物沙丁胺醇掺在茶里让他们喝，杀害了他们。

自己的孩子救了过来，爷爷和奶奶死亡了。

这名准护士拿到了爷爷和奶奶两个人的保险金。

弄到手的保险金她是如何处置的呢?

她把这钱献给了自己所爱的男人!

过去，像这样把偷来或骗得的钱贡献给自己所爱男人的女人相当多，为坊间的茶余饭后平添话题。

而现在，女人不会再去为喜欢的男人做这种事情了，要做也是为了一己之利。可以说，这就是当代的特征。

言归正传。沙丁胺醇这种哮喘药，适量服用可有抑制发病的效果。就好比给发烧的人服用退烧药，就会产生恢复正常体温的作用；给血压高的人服用降压药，血压就会恢复正常。

反过来说，药有疗效就大量服用，那就意味着药物会变成带来生命危险的双刃剑。实际上，让人大量服下沙丁胺醇，心脏会停止跳动，呼吸也会停止。

作案的是具有医学知识的准护士。医学类学校把上述结果告诉学生，把不让人误服的知识教授给学生。

“如果……就会发生危险”的教诲，未尝不能当作“如果……就可以杀人”的话来听。

由于想法不同，医疗知识也可能被恶意使用。所以，人格不好的人不能从医。

可判断人格很难。很多学校会在医学部学生入学时增加面试，但在短时间内洞察人性是至难的技能。

而且，人的思想有时也会因为某个事件或受到某人的影响而发生变化。受某宗教的感化而染指宗教犯罪的医生，就是这类人的典型。还有人会误以为将来的发展会受到约束，索性过起奢侈生活，导致人格发生了变化。

有些学生虽然立志于医学，带着这个愿望进入了医学院，但后来也会出现思想偏差的情况。

所以，医学生必须一直秉持正确的哲学。

就像菜刀一样，用对了可以做菜，为人类做贡献。

但是用错了，则可以变成杀人凶器。

究竟是为人类做贡献，还是用来杀人，全凭用法，全凭人心。一切都取决于持刀人的哲学。

比如母亲杀子案，过去多有继母恶意虐待并非已出的孩子，将孩子杀死，走上犯罪道路。虽说是杀子，但母子之间并没有血缘关系。

最近，有人嫌自己亲生孩子烦就会把孩子杀掉。虽然在为了男人杀掉自己孩子这点上，不能一概断言罪犯没有以前那种犯罪动机，但反映出的却是这些人已经丧失了生物的本能。直接说吧，这是自私的犯罪。

当然，以前继母虐待孩子也是不能允许的，但她们的那种感觉我可以理解。可把历经剧痛从肚子里生出来的孩子当作麻烦的想法，无论怎么想，我都无法理解。

回到本节开头写到的那桩案子。身为医生的父亲杀死了瘫痪在床的残疾孩子。

勒死孩子以后，医生服下了大量安眠药企图自杀。

但被外出回家的妻子发现，捡回了一条命。经抢救，他活了过来。

然后两人手拉手去警署自首了。

父亲开始交代，说出了自己打算杀死孩子后自杀的原因。

如果没有自己和孩子，妻子就可以拥有自己的自由时间了，尽管留给妻子的人生可能已经很短。

结婚后，她只是为了孩子活着，完全没有自己的时间。

他不忍心再看下去。

他想让妻子拥有自己的时间，度过自由的余生。

为此，他策划了与重病的孩子一起自杀。

父亲边说边流泪，不停地向妻子道歉：“真是对不起！”

这是爱妻子、爱孩子导致的犯罪。

审判的结果是，父亲丧失心智，无罪。

这是很好的结论，我赞成。

父亲从来没有帮助母亲照顾过孩子。但他一直把孩子的母亲放在心上，得了心病。

图书在版编目（CIP）数据

尸体在撒谎 /（日）上野正彦著；田建国译. -- 北京：北京联合出版公司，2023.3

（法医之神）

ISBN 978-7-5596-6279-8

Ⅰ. ①尸… Ⅱ. ①上… ②田… Ⅲ. ①纪实文学－日本－现代 Ⅳ. ①I313.55

中国版本图书馆CIP数据核字(2022)第118675号

法医之神2：尸体在撒谎

作　　者：[日]上野正彦　　译　　者：田建国
出 品 人：赵红仕　　策划品牌：读蜜文库
策划统筹：金马洛　　特约编辑：孙　佳
责任编辑：龚　将　　封面设计：即刻设计
内文排版：读蜜工作室・思颖　　责任印制：耿云龙

北京联合出版公司出版
（北京市西城区德外大街83号楼9层　100088）
北京联合天畅文化传播公司发行
北京美图印务有限公司印刷　新华书店经销
字数105千字　787毫米×1092毫米　1/32　5.5印张
2023年3月第1版　2023年3月第1次印刷
ISBN 978-7-5596-6279-8
定价：32.80元

读一页书　舔一口蜜

法医之神 2：尸体在撒谎

策划品牌　读蜜文库
策划统筹　金马洛
特约编辑　孙　佳
封面设计　即刻设计

新浪微博 @ 读蜜传媒
合作邮箱　dumi@dumilife.com

诚邀关注

读蜜订阅号　　读蜜视频号